潘人木作品

精選集

齊邦媛 策畫　應鳳凰 編選

小說

散文

序

串起遺珠

齊邦媛

這本書終於成集出版，也達成了我一個多年的心願。

潘人木是一九四九年由大陸來台，最早成名的作家。她在重慶沙坪壩由國立中央大學外文系畢業，奠定了寬廣的文學視野。她的第二部小說《蓮漪表妹》一九五二年問世，即得當時最高榮譽的中華文藝獎。在當代文學史上，常與王藍的《藍與黑》、陳紀瀅的《荻村傳》、姜貴的《旋風》，並稱爲四大反共小說。我也曾在一九八八年以「烽火邊緣的青春」爲題，研討它與鹿橋的《未央歌》中同樣的時代，抗戰初期大學生冬雪與春花般截然不同的人生。所見證者，不知是命運的嘲弄，還是時代的包容？

潘人木在寫完第三本小說《馬蘭的故事》之後，獻身兒童文學三十年，零星的文學作品都未成集，知她才華的讀者甚感惋惜，而讀她兒童故事長大的數代讀者，卻甚少知道她在文學上眞正的成就，潘人木的聲名漸漸黯淡了。

一九四九政治大斷裂至今已六十五年了，那一代人漸漸已全逝去，蓮漪表妹的苦澀故事卻總是令我難忘，潘人木全然摒除了政治口號，按捺住顚簸流離驚魂甫定的心，用冷靜簡潔卻涵蘊深意的文字，寫活了那個時代政治的混濁無情和一個虛榮女子滅頂的命運。幸好文學史不會忘記，繼林海音的純文學出版社後，隱地的爾雅出版社繼續印行，仍保持著這本書莊穆寂寞的存在。但是她早期短篇小說多已絕版，晚期的散文從未收集成冊，思之令人惘然。

如今在她逝世已近十年之際，我能盡推動催促之力，得見此書呈現在新世代讀者之前，謹以一個忠誠、鍥而不捨的讀者的心，向應鳳凰教授致謝。她多年來從事搜集、追踪、分析當代台灣文學的發展史，對潘人木的作品有相當深入詳盡的研究。今日將散失的作品編輯成此集，給精彩如〈有情襪〉到〈一關難度〉二十多年間的作品做一個清晰美好的結合與安頓，彌補好的文學作品遺珠之憾，對作家，對讀者，都是很有意義的事。

二〇一四年四月十五日

導讀

潘人木寫作之路與文學之美

應鳳凰

想用短短文章介紹潘人木可不簡單。一來文壇角色多元：既是小說家，又是資深童書主編。創作文類也橫跨小說、散文及兒童文學。其次，她成名時間早：一九五〇年代初期便屢得小說大獎。加以創作態度嚴謹，性格上卻是「名士派」，既不多產也不遷就讀者大衆。種種因素合在一起，使得她的「文學史位置」難以清晰，從而模糊了一般讀者對她藝術成就的認知。

潘人木寫作旅程，始於隨國民政府初來台灣的年代。一九四九年與公務員丈夫攜家帶眷從北平來到台灣，相夫教子之餘，發現寫作投稿是主婦不錯的副業：以稿費貼補家用，既實惠又有精神寄託。數年間且陸續獲得小說大獎，很是活躍於規模不大的早期文壇。與她同輩同樣產能高、名氣大的女作家如張秀亞、艾雯、琦君、林海音、徐鍾珮等，如今隔著半世紀回頭看，潘人木於小說藝術、文學史位置，重要性都不比她們低。

青春歲月走南闖北

潘人木是東北人，一九一九年（民國八年）生於瀋陽近郊法庫縣，與女作家張秀亞、羅蘭、孟瑤同年，都是新舊文學交接時代的「五四兒女」。幸運的是，她的學業、家庭、婚姻與文友們相較可說圓滿，既趕上思潮開放的年代，也成長在思想開明的家庭。少女時代不裹腳，能出外讀書——戰亂歲月，從北方遠赴西南大後方念大學。用她自己的話：「初一親歷九一八事變，高中畢業又遇七七事變，勝利後又經國共內戰。但學業一直未輟」，畢業於當時最熱門的陪都沙坪壩國立中央大學英文系。

在校時最喜英詩的她，二十三歲這年一舉考進重慶海關總署當了一年打字員。隔年與交往多年男友，任職中央銀行的黨恩來踏上紅毯。意外地，一九四三到一九四五年間，新婚不久即隨丈夫工作調動而旅居新疆，曾短期任教於新疆女子學院。早年從東北家鄉遠赴西南求學，婚後又遷居西北迪化（今名「烏魯木齊」），青春年月已走過中國半壁江山，同輩女性少有她的見聞閱歷。一九四九年再逢戰亂，這次是國共內戰，舉家又隨中央銀行從北平遠走南方島嶼台灣。用她的話是：「東播西遷，顛沛流離」。料想不到的是，台灣竟成她停留時間最長的地方，一住便超過五十年，她在這裏成家立業，養兒育女，且根據過往經歷完成好幾部精彩小說，成就一生無可取代的文學事業。

《蓮漪表妹》首版書影

《如夢記》書影

來台後踏上寫作之路，起步倒是偶然。家務之餘平常嗜讀小說。某日看到報上一則徵獎消息，心血來潮，覺得可以試試，於是埋首餐桌旁動起筆來。第一篇小說〈如夢記〉以嘗試心情付郵，意外地獲得一九五〇年「中華文藝獎金委員會」年度小說徵選首獎，這是國府來台之初獎額最高的文藝獎項，她一舉拔得頭籌，雜誌連載後隔年出書，有了生平第一部作品。此後信心大增：一九五二年完成長篇小說《蓮漪表妹》，同樣首獎。這次更由「主任委員」張道藩親自寫序及推薦，面世後佳評如潮，默默無聞家庭主婦一夕成名。繼《如夢記》《蓮漪表妹》之後，第三部是《馬蘭自傳》——三部小說全獲高額獎金，剛來台灣前幾年成了她寫作生涯產量最豐，發表小說最密集的階段。得獎之後更是稿約不斷，短篇中篇小說屢在報刊發表，很快成爲一九五〇年代文壇名氣最響亮的女作家之一。

文學事業「寫」與「編」

一九六五年可說是潘人木文學事業「轉換跑道」關鍵性的一年。這年她應「台灣省教育廳兒童讀物編輯小組」之聘，加入兒童讀物編寫行列，一路由編輯而總編輯，獻身童書編寫工作長達十七年。編輯兒童書，特別是出版業還在起步的社會，「掌門人」不是輕鬆的工作。加上她求好心切，敬業盡責，對兒童書的形式內容、文字品質都嚴格把關。除了編成四百多冊《中華兒童叢書》，更策畫大套《中華兒童百科全書》；前者有系統介紹中國歷史故事、戲劇、故宮國寶、台灣農村、生態環保等，多元精緻的編輯構想，在在顯示她的前瞻性視野。除了編輯，也執筆創作：曾以不同筆名寫兒歌、謎語、童話等。翻開行政院文建會編的「作家作品目錄」，「潘人木」名下兒童文學作品超過一百本，單一九七五年一年便有十九本。她也爲兒童書作翻譯，離開編輯小組後，還主持美國《世界親子圖書館》十六冊編譯工作，態度認眞，掌握資料精確，贏得海內外同行一片讚揚。看得出來，潘人木一生文學事業可分成兩大類，一是小說創作，一是兒童文學。固然都不出寫作範圍，但一般認定兩者讀眾不同，屬於不同類科，因而也佔據不同的文學史位置。也許她獻身童書時間不短，又栽培不少後進，形成潘人木在「台灣文壇的角色位置」，一直以「兒童文學家」或「童書編輯家」知名。兒童文學家的頭銜角色，甚至已超過她的「小說家」聲望。二〇〇六年十一月十八日台北召開一場題爲：「資深兒童文學家——潘人木作品研討會」，隔年出版一厚冊論文集可爲證明。按台灣學界傳統，作家地位崇高才會舉辦「作品研討會」。換句話說，「兒童文學家潘人木」在戰後文壇似乎取代了「小說家潘人木」的聲望地位。

從當代文學研究的宏觀角度來看，潘人木兩方面的文學成就其實是不分軒輊的。由於成名早，小說創作看似集中於來台初期，其實她一生寫作未嘗中斷，編書期間、退休之後都有精彩小說發表。以早期創作成果而言，除了寫東北成長歲月的《馬蘭自傳》、北平校園背景的《蓮漪表妹》，更值得注意的是一系列以新疆爲背景的長短篇小說。由於部分小說未曾出書，或許是未受到

《潘人木研討會論文集》書影

更大注意的原因。且看潘人木自編的寫作年表：

出版、刊登日期	題目	出版社
一九五一年	如夢記（中篇小說）	重光文藝出版社
一九五二年	蓮漪表妹（長篇小說）	文藝創作出版社
一九五三年	馬蘭自傳（長篇小說）	文藝創作連載
一九五七年五月	塞上行（長篇小說）	中華日報連載
一九六〇年	雪嶺驚魂（長篇小說）	中華日報連載

年表原版很長，附在一九九九年兒童文集《鼠的祈禱》書後，這裏只截取「最早十年」的段落。一九五七年以後的〈塞上行〉〈雪嶺驚魂〉兩部新疆題材小說，便是連載發表卻未出書的例子。潘人木出書態度嚴謹，這是她辭世前手中正在修訂的作品。兩書未能面世，不僅個人之憾，更是台灣文學長河莫大損失。台灣文學傳統裡新疆題材小說極少見，不論放在旅遊或少數民族文學範圍來看，它都是熠熠發光的珍珠寶貝，不該任其埋沒蒙塵。

思念故友親人

文字才華之外，潘人木文學成就更緣於她嚴謹的創作態度。《蓮漪表妹》修訂過程是典型的例子。一九五二年此書初亮相令文壇驚豔，吳若文中說：「近一年來，不斷有人稱讚這部小說是當今文壇的奇蹟」，又說它：「精練、細緻、幽默、機智、通達」，說明當時受矚目的情況。可惜「文獎會」文藝獎項自一九五六年以後全面停辦，出版品隨之全部絕版。作者一九六五年起進入忙碌編輯生涯，儘管蓮書常被提起，朱西甯等小說家再三推崇，市面上卻再也見不到此書蹤影。歲月匆匆三十年，直到一九八二年作者從編輯檯上退休，才有了修訂新版的機會。

解嚴以來《蓮漪表妹》一直是評家讚賞的經典小說，但大衆讀的自然不是一九五二年初版本，而是作者十個月修訂，一九八五年「純文學出版社」重排的新版本。早年初版本印量少，薄薄二二〇頁；而在好友兼出版家林海音支持下，新版厚達六三〇頁，篇幅增加兩倍有餘——說是再版，已近乎重寫。不僅書中情節人物有所改動，小說後半部整個「敘述觀點」更從「第三人稱」改爲「第一人稱」。

「蓮漪表妹」純文學版書影

《蓮漪表妹》如何重印新版，內容怎樣變動；當年創作動機、近日書寫情懷……，兩岸開放後得到家鄉消息又是如何震驚傷痛，全在「純文學版」序言：〈我控訴〉裡娓娓訴說——它同時列在本書「散文」一輯首篇，因既是「書序」，也是一篇雋永深情散文，透露她少小離家，數十年音訊未通的身世背景。作者以精練文筆細說童年，懷念故友親人，抒發心中悲喜；比之同輩散文作家，她更多一支能生動刻畫人物的小說筆。例如緊接的〈有情襪〉一文，看似寫襪其實寫人；透過一位憨厚老實，一輩子忠心耿耿的「鍾仁」，呈顯可貴的人間情義，文字利落感人肺腑。鍾仁正是「忠人」的諧音。〈西屋傻子〉同樣有意象鮮明的人物。主角外表傻內在並不傻，他愛小孩才承受得小孩欺侮，自有他不爲人知的生存之道。〈沒人看見我上炮台了〉同樣有一個外表嚴厲內心慈愛的爺爺。

此輯另有三篇懷念林海音散文：從〈以爲還有很多，其實沒有了〉〈好夢一場〉，到〈無媒寄海音〉。寫作對象雖同一人，卻是在不同時間、地點，不同心境下有感而作。林海音潘人木兩人年齡相近，背景相似，年輕時代都住過北平，職業嗜好相當，來台初相識即結爲莫逆。文學創作上同樣寫小說與童書，職業上都是主婦兼主編，二〇〇一年林海音去世，知交折翼，傷痛可想而知。

首篇寫於海音去世不久：回憶一群同齡好友「老來樂」歡聚場面，繪聲繪影敘述生動，老態可掬如聞其聲。作者以爲這類歡聚場合「還有很多」，然而老友凋零，相聚之樂再也「沒有了」。對比文末慰問家屬無語吞聲，喪友之痛加倍強烈。次篇〈好夢一場〉寫於三年後，以「此生爲友便是好夢一場」自我安慰，又以豐富想像力編織一段美妙童話，敘述林海音夫婦歡樂神仙生活；既以書寫安慰自己，也用「含淚的微笑」懷念故人。第三篇寫於美國。自一小小物件回憶兩人初識經過，更從一句簡單的：「凡事做到頂」來概括林海音積極人生態度。她思友情切，一篇之不足，一而再，再而三。而三篇寫法各有不同，或書簡或回憶，或童話想像，每次展讀都讓人再紅一次眼眶。

散文輯壓卷之作〈一關難度〉是潘人木辭世前最後發表的文章，台北《人間福報》副刊二〇〇五年十月下旬刊出時，距離她去世之日不到十天。很久沒有讀到這樣的好文章，文學圈朋友通過電話郵件「奔相走告」。例如齊邦媛教授即「大爲驚喜，影印贈友」共享。文章從傾聽自己的「腳步聲」寫起，把「伴侶西歸，子女遠離」後，老年人孤獨心境刻畫得淋漓盡致。「青春到老年，只是一眨眼」，潘人木八十多歲仍擁有一枝凝練文筆，勇敢與「孤獨」作戰。她接受生理「自然的老年」，不能接受「心理脆弱的老年」。所謂「一關難度」，是晚年向人公開「宣稱自己的孤獨」——這是「生命中最難過的一關」。然而「難以面對」終於「勇敢面對」，她既一個人昂然走進餐廳，有尊嚴地，也在獨立的晚年生活裡，完成這篇描寫「孤獨與老年」的經典之作。

新疆小說精彩亮眼

本書「小說」一輯九個短篇裡，有六篇以新疆爲背景：文字優美，人物鮮活，將塞外景物與當地風俗人情寫得栩栩如生。〈夜光杯〉情節緊湊有如推理小說，文中出現的玉門、酒泉、夜光杯等塞外景物無不繽紛新奇引人入勝。小說除了緊緊抓住讀者往下閱讀的高超手法，如〈捉賊記〉〈妮娜妮娜〉各篇，更有堅忍勇敢女性角色，構成啓人心智的女性小說。前者主角是手抱五個月嬰兒的少婦，由於大意，竟把惡賊單獨鎖進自己屋裡。進退不得之際，所謂「捉賊記」其實是一介弱女子憑著智慧，加上做母親下意識的護嬰動作，竟感動賊人而化解了一場暴力事件。「妮娜」作爲女主角的名字，既是白俄女人的故事，也生動描寫一位有情有義，忠誠感人的非漢族女性。

〈玉佛恨〉〈阿麗亞〉兩篇都有惹人憐愛，天眞動人的小孩作爲故事主角。潘人木後來成爲兒童文學家，當與她天性喜愛小孩大有關係。初執筆創作，「赤子」「童眞」都是吸引她的小說主題。〈捉賊記〉〈妮娜妮娜〉兩個漢人女主角都有襁褓中的嬰兒佔據故事重心。〈迪城疑影〉結局也有個關鍵性嬰兒，讓女主角在鑄成大錯前得到補償機會，並因而得到「上蒼禮物」：失嬰的母親得到完成母職的機會。

〈玉佛恨〉裡的「小秀」，十歲的「阿麗亞」成了潘人木筆下故事主角與關鍵性人物。哪怕冰天雪地，大漠荒原，有兒童純眞的地方，就有活力與光彩。只要存在赤子，大地便不顯荒涼。若非從心眼裡對孩童眞心偏愛，怎能如此敏銳捕捉他們的精神形貌。她形容初見阿麗亞的場景與情境：

> 在黃昏與雪當中，我覺得她的小小的合身的大衣，她的圍巾，她的包頭全是黑的。唯有兩隻眼睛，在當地當時我的心情下，不能說它們像水，像海，像秋日的天空，對我而言，它們簡直像液體的藍色火焰。

初臨新疆，便遇見她最喜愛的東西：那是小孩的童眞，她從兒童眼睛裡看到人世間最美的光彩。一九四三到一九四五大約三年時間她停留新疆，抵達時新婚未久，大學方畢業——二十四歲對一位作家而言，正是一生中心力腦力的黃金階段。西北邊塞之行，所見所聞留給她難以磨滅的鮮明印象。從心靈深處領受女性之美、母性之光，也從冰雪大漠，領略異民族風情。她的特殊經歷與文學才華，使她的小說在台灣文學傳統上展現特殊光芒。相隔半世紀，當我們重讀潘

潘人木《哀樂小天地》書影

人木小說，那凝鍊的文字，扣人心弦的情節，令我們無法放下手中的書本。她不只是台灣一九五〇年代風頭最健的女作家，兒童文學之外，還爲後代留下可讀性最高，深具特色的小說傑作。潘人木二〇〇五年十一月辭世，享年八十七歲。出版過潘人木短篇小說的「純文學出版社」在林海音晚年已結束營業，精彩作品恐隨書的絕版日漸消失。感謝齊邦媛老師推薦與促成，感謝天下文化出版公司重編重印，讓潘人木小說之美有更多讀者可以領略，文字之醇厚天下人得以共享。

小說

夜光杯

迪化城在下著大雪，已經連著下了半個多月了。陳楚嘉正在火爐前彎著身子，整理行裝，他準備明天動身回北平老家去。他的手掌又僵又痲，他的呼吸也十分迫促，在他伸直身體，偶而喘口氣兒的時候，覺得自己這副忙亂快樂的樣子，眞像自己的父親。他願意像父親，而且就快看見他了。但他對於這座經常被白雪覆蓋的小屋，也不無依依之感，在這裡，他曾和二哥楚濟一同生活過；在這裡，他曾和美麗的拉娜戀愛過，世事變化得多快！先是抗戰勝利，日本投降了，接著便是二哥的離去，同時他的戀愛甜夢也隨之煙消雲散，二哥和拉娜結了婚，留給他一間空洞的房子，一個空洞的心靈。

爐子漸漸旺了起來，不時有一大塊煤由上落下，嘩啦啦地響著，他把一隻箱子，一個舖蓋捲弄好，上鎖，街上正有賣煮羊肉的經過，叫賣聲脆快而嘹喨。

院子裡有人急急忙忙踏雪走來，是辦公廳裡的工友老宋。

「電報，陳先生，」老宋重覆地說，「電報，北平打來的。」

二十四歲的楚嘉敏捷地撕開封套，心想別是什麼壞消息吧！看看只有寥寥數行：

「楚嘉兒，回程購眞正夜光杯兩隻，父字。」

「這倒是件麻煩事兒，」楚嘉看看已經整理好的行囊，皺著眉頭，半對自己半對老宋說，「我父親要買東西！」

「買就買吧，陳先生，我去給您買，回頭我再給您打行李！」老宋平常就殷勤，面對即將離去的楚嘉，更願意竭力服務。

「謝謝你，這件東西恐怕我自己去買，也還不知道地方呢！」

「是什麼稀罕的東西？」

「夜光杯！來迪化三年，我還眞不知道哪兒賣夜光杯呢！老宋，你聽說哪兒賣？」

「夜——光——杯？」老宋思索著，「我倒聽說處裡的黃先生買過什麼夜光杯，也不是這兒買的，是由重慶來的時候，在路上什麼地方買的。」

楚嘉知道爸爸愛好搜集一些小玩藝兒，小擺設兒，分別八年，又老遠地拍電報來，這夜光杯他是一定要買到的。他們本來是個熱鬧的家庭，自從楚嘉的母親死後，便漸漸凋零，只剩下父親一人孤零零住在北平，半年前他二哥帶著拉娜回去，老人家一看媳婦是個中俄混血兒，就十分的不高興，自然更加盼望他快些回去團圓了。想起父親，楚嘉心裡便產生一股溫暖的渦流。父親自小就偏疼他，最不喜歡二哥楚濟。他老人家過五十歲生日的時候，兄弟兩個爭著上壽，二哥買的一件皮袍，不喜歡，卻愛楚嘉買的一隻洞簫，從那以後，每天早晨，他老人家便坐在窗前吹半個時辰的簫，音調悠揚，聲動鄰里，雖只會兩個曲子，一個是蘇武牧羊，一個是晚來秋風，兩曲替換著吹，聽起來可一點兒不嫌厭煩。因為吹完了，他總是說，「開飯吧！」

楚嘉去找黃先生的時候，黃先生正在看小說。

「小陳，什麼時候動身？」

「明天。所以今天特來辭行，兼來討教。」

「別客氣，有什麼地方我能夠幫忙的，儘管說。」

「小黃，聽說你來的時候買了夜光杯，是在哪兒買的？」

「在路過酒泉的時候買的，叫是叫夜光杯，也並不好。」

「可否拿出來見識見識，我父親拍電報來，叫我買兩隻眞正的。」

「這就難了，誰知是不是眞的呢？」小黃說著取出一隻小木匣，裡面裝著四隻二寸多高，灰綠色的玉杯，看來雖然玲瓏可愛，但沒有葡萄美酒夜光杯的氣派。

「就是這個。」

「這就是夜光杯呀？夜裡能發光嗎？」

「嘿嘿！假使你在裡邊裝上個燈泡，當然發光啦。」

「說眞格的，這夜光杯，是非給家父買兩隻不可，也不枉來塞外一趟，小黃，究竟你在酒泉什麼字號買的？」

「爲什麼這樣起勁？買回去，就能分你房子地產是不是？」小黃逗他。

「我父親只有一間小古玩店，還房產地產呢！」

「那麼買回去夜光杯給你娶媳婦，作聘禮？」

楚嘉沉默地低下了頭。

小黃知道自己觸動了對方的心事，很感不安，原來楚嘉早就揚言，拉娜對他變了心，此生再不娶了。

「對不起，小陳，什麼事也得看開點，這次回去，不是要同楚濟他們住在一起嗎？」

「我總盡量避免，聽說他們在外邊住，沒和家父住一處。」

「這倒也好，否則反顯尷尬了，小陳，令尊叫你買夜光杯可有什麼用處？」小黃一向心計多謀，問楚嘉。

「有什麼用處？還不是好玩兒，他老人家若是叫我買隻古夜壺，我也不驚奇。他愛這些古里古怪的東西。」

「不要小看這些古里古怪的東西啊，」小黃提醒他，「一對夜光杯說不定可以找個工作，或者……，或者把它賣個好價錢，租上兩間房子，關起門來，你小陳再讀上幾年書……」

「家父沒有叫我另尋工作的意思，他一心一意叫我承繼他的買賣。」

「好！原來你是古玩店的老闆，老友分別無以爲贈，我這四隻杯子送你兩隻好啦！」小黃誠懇地說著，又趕緊去尋小匣子。但小陳是自重的人，婉謝了小黃的好意，只答應兩人晚上一起吃頓飯。小黃酒後腦筋一轉，想起買杯子的店鋪就在酒泉正街上，字號是正興玉器店。

車子到了酒泉，楚嘉匆匆洗漱之後，就按址去找正興玉器店，不用他開口，大家一看他那身旅客打扮，毡靴皮襖，便知道是買玉器的，只見他在正街上逡巡了兩三遍，不時地抬頭，辨識招牌，卻未走進一家店鋪，原來這幾年玉器生意不好，大家紛紛關了門，正興號的原址早就開上豆腐店了。楚嘉向路人打聽，也不得要領，失望之餘，正待回旅館去，聽見身後皮靴子答答地響，轉身一看，是個當地的警察官兒，穿著黑棉布的制服，他趨步向前，舉手爲禮，說：

「請問，這裡原來有個正興玉器店嗎？」

「正興號李掌櫃搬到安西去了！」警官向後指，其實安西距酒泉數百里之遙，任是怎麼指，楚嘉也是看不到的！「你已經錯過了，他在安西！」

「那——那眞糟糕，」楚嘉臉上大有爲難之色，「我是想向他買——」

「你要買玉器是吧，好辦，跟我來。」

楚嘉只好跟著他走。因爲快過舊曆年了，街上到處在賣用紅紙包裹的貨物，「你一定是要買夜光杯的，」警官邊走邊說，「我一看見你滿臉的書生氣，就知道你要買夜光杯，葡萄美酒夜光杯嘛，對不對？」

「對。」

「我們幹警察的，這點眼光很重要。」

警官領他到一間雜貨店門口，說，「這兒就有，進去買吧，再見。」然後又回頭向楚嘉說，「你就說吳警官介紹的，可以打點折扣。」

店主拿出來的貨色，比小黃買的還要遜色多了。顏色深，無光澤，用手摸上去，有的地方還沒磨光滑哩。

「有再好一點的嗎？這種貨色太次了。」楚嘉說。

「這就算很好的了。現在材料缺，生意又不好。先生，您看什麼貨不都是越做越不行啊！」

「那麼這是眞正的夜光杯嗎？」

「所有酒泉貨都是一樣，找不出第二樣來，哪有什麼眞假，不過是玉石磨的，只有好壞不同罷了。」

「如果你有再好一點的，我出好價錢。」

「先生，您將就挑兩隻吧，搜遍全酒泉，隻隻一樣。」

楚嘉把一匣杯子統統攞在櫃檯上，走開幾步，仔細端詳一番，灰綠色的玉石，深淺相間，倒也玲瓏可愛，即使父親不喜，也可當紀念品贈送親友。問問價錢，並不太貴，於是就選了兩隻。

但到了旅舍，人人都說他買的是假貨，不是眞正的夜光杯，眞正的夜光杯是白玉的，說他買來了「石頭杯子」，只配給小孩們玩玩的。天！這些杯子當眞是石頭的嗎？對良心方面來說，他是安心的，因他已盡了力，但無論如何，他不願大老遠給父親買點東西，而明明知道是假的還要買。他從行囊裡取出由迪化帶來的一瓶上好葡萄酒，斟到杯子裡，酒的顏色暗了，杯子的顏色也暗了，只在酒的表面看到自己無計可施的影子。到了晚上，他把房間的燈火熄滅，又倒了一回酒，這次是酒、杯，和自己的影子完全看不見了。

他把杯中酒一飲而盡，明天車子還停留一天，對於這一天的時間，他有了充分的安排——再去尋求夜光杯。

沒有更簡便可行的方法了，他要走遍酒泉的商店，挨門挨戶地問：「你們有沒有眞正的夜光杯？」

早晨本來晴朗的天氣，變爲陰暗而寒冷，在這種典型的冬日白晝，對於旅客們來說，最好是在寓所裡拿本小說，一邊看，一邊烤火，但楚嘉卻冒著嚴寒，躑躅街頭，風在狂吼，行人稀少，景色非常的凄涼。腳下是雪，雪下是冰凍了的堅硬的土地，他想，當春天來時，雪一融化，到處必是泥漿四濺。

這樣的地方能有眞的夜光杯嗎？

在他的心目中，夜光杯至少要像玻璃杯那麼透明、潔淨、光潤而細膩。

他走了兩條街，結果是完全失望。

「買東西嗎？」楚嘉又碰見昨天的警官。警官用問案子的口氣問他，但很親切。

「是呀，」楚嘉和他握握手。

「你要把我們酒泉買光嗎？我看你挨門挨戶的光顧。」

「我只是想買一樣東西，到現在還沒買好。」

「什麼呢？我可以幫忙嗎？」

「還是夜光杯！昨天你老兄介紹我買的，人家都說是假的。」

警官說，「原來你先生眞是個買主！其實那種杯子假倒不假，大概貨色差點兒，請你再跟我來。」

警官拉他到一個背人的所在，很機密地說：

「我知道一家有眞正的夜光杯。」

「那麼你昨天爲什麼不告訴我？」

警官道：「如果我昨天就告訴了你，你便不會以爲我這個消息可貴了。先生，我看你是個買主，而且人也誠懇，才當個朋友告訴你。況且，要是你沒買了普通貨，怎能比出眞正的好東西來呢？」

他側著頭等待楚嘉的回答，楚嘉雖然年輕，閱歷卻也不少，他明瞭這位警官如此熱心，大概要拿個成三破二。

「請你帶我去吧，如果眞能買得到，我會好好謝謝你！」

「自己人，謝什麼呢？」

警官領他走到一條小巷，「就是第二間門面，賣文具的，」然後又叮囑楚嘉，「這鄭老闆有個古怪的脾氣，他絕不把他的夜光杯叫夜光杯，而叫瓦罐子。」

「瓦罐子？」

「是的！奇怪吧？他認爲連市上那種普通的小玉杯都叫夜光杯，是對於眞正夜光杯的侮辱，所以他叫自己的夜光杯爲瓦罐子，他說叫什麼沒關係，只要是眞品實貨。」

「想來是個怪人。」

「他的瓦罐子也沒多少了，祝你成功。」警官說著就獨自轉身，楚嘉叫住他：

「吳先生，您在警局辦公嗎？等我買成，我請您喝一杯！」

「豈敢，豈敢，我就在前面警局子裡，再見！」

楚嘉進去喊聲鄭老闆，一個粗嗄的聲音，來自店面後邊的過道，「誰呀，我怎麼聽不出來你是誰啊？」那正是鄭老闆。他走了出來，看樣子有六十歲的年紀，穿著藍布的長棉袍，上面隱隱約約發出紙張的香味。

「老闆，請問，你有瓦罐子嗎？」

鄭老闆向後退一步，打量楚嘉，說：

「往前面走第四家，賣鍋盌瓢盆的有。」

「老闆，我是從迪化來的，」楚嘉道，「想買你兩隻好瓦罐子帶到北平去。」

這才他恍然大悟，放聲笑了起來，提一提趿拉著的棉鞋，蓋上他的破襪子，抱怨自己道，「你看我都老胡塗了，你是要買我的小盅兒，是不是？你眞有兩下子！居然能找到我的門上來！」說著，他用手勢招引楚嘉，像個哄小孩的女人似的，「我們到後面談談。」

楚嘉湊前一步說，「老闆，我要買眞正的。」

「當然是眞正的，你看，正因爲我不是賣玉器的，就該知道我的貨是眞正的。」

到了後屋，霉味觸鼻，光線也不好，鄭老闆由一隻赭色的箱子裡翻出一個花布包裹的盒子，用兩隻手壓在盒子上說：

「我不是做生意的，只因年關近了，資金少，正巧你先生老遠地來了，不賣給您不好意思，但是這些小瓦罐子是幾十年以前，我在玉門弄來的，實在不願意隨便讓出去，必得找個合適的識貨的主兒，請問先生您買了送人還是自留？」

「嗯？」

這老頭子實在囉嗦，楚嘉想，一個商人有權過問這些嗎？但他還是很斯文地回答：

「可以說是送人，也可以說是自留。」

「我買來送給我父親，他老先生現住北平，開一間古玩店，委屈不了您的杯子。」

鄭老闆聽後，欣然色喜。

「可以打開了吧！」楚嘉迫不及待地。

那隻又老又皺的手打開外面的布包，露出一層發黃的報紙，那報紙上印著一個軍官手扶佩刀的照片；打開報紙又是一層細花布，細花布裹包著一隻小木匣子。

「先生，請你把眼睛閉一閉。」鄭老闆用虔敬的語氣要求楚嘉。

楚嘉只有欣然從命。

鄭老闆輕輕地打開小匣子，像拿剛出蛋殼的小雞那麼小心翼翼地拿出兩隻白玉的高腳杯來，讓它們站在桌子上。然後把藍色的窗帘一一放下。

「好了嗎？我可以睜開眼睛嗎？」

「不行，你摸一摸，這是個什麼紋理，什麼身分。請你輕一點。」鄭老闆將一隻杯子遞到楚嘉手裡，楚嘉摸著果然光滑細膩，握在手裡有如一團山泉。

「好貨閉著眼睛也分得出來，是不是，先生？」

「真是珍品！我可以睜開眼睛看看了吧！」

楚嘉睜開眼睛，雖然房間裡光線黑暗，他清清楚楚看見立在桌上的杯子。及至打開了窗帘，那真是柔潤無比，光華四射，楚嘉從未見過如此可愛的玉杯。

「多少錢？」

「我先告訴你杯子的來路，再說價錢。這對杯子可說得上是稀世珍寶，是我在玉門礦上，一個著名的玉匠那兒買來的，這話也有四十年了。那玉匠一共琢了四隻，有一年鬧兵亂，被人搶走了兩隻，剩下這兩隻可以說是絕世孤品了。」

「我知道這是好東西，請問——」

「我雖然做生意，卻不習慣討價還價，二十兩黃金一對兒。」

楚嘉盡其所有以十兩黃金和鄭老闆成交。回到旅舍，衆人讚美不止。比先前買的那兩隻，眞是天壤之別，但比一比兩個匣子，都是一般的大小，一般的高矮，楚嘉買來一斤棉花，兩塊當地出的合子布，將玉杯裝進匣子，塞嚴，包好，又向茶房借來針線，縫得密密的。一個上面寫個E字，代表那對超等的貨色，一個上面寫個C字，表示普通的東西。完成了父親的使命，眞是一件輕快的事！只是已經沒時間去請那位警官喝一杯了。

第二天雪霽雲散，汽車升火出發。昨天那位警官帶位老太太來看楚嘉。

「先生，成交了吧！」他迎著寒風說。

「不錯！」楚嘉伸出手來，「眞是謝謝你，希望以後我能再來酒泉，我們好好敘一敘，喝一杯，可是——」

「沒什麼可謝的，何必客氣，我不過做了爲民服務一點小小的事情。請問，車子上有空位子嗎？可否請先生把我母親帶往蘭州？」

楚嘉把原來自己坐的前座讓給老太太，折騰了半天，引來許多小孩子，他們用羡慕的眼光，看著車上的人。楚嘉從口袋裡掏出一包香菸，撕開，一根根從車窗丟出去，孩子們紛紛集中他這兒，尖叫著笑鬧著來搶奪，之後他又撕開一包，直到他沒有一根香菸了，車子才慢慢向前移動，出了城門，還有小孩子跟在後面跑半天。

楚嘉自以爲又開始享受愉快的旅途了。但那兩隻木匣卻成爲他的苦惱。原來他的箱籠是在行李車上，由迪化來時，便已裝載緊密，無法再打開，那兩匣杯子便不能併攏在大件行李一起；又爲了安全起見，他只好雙手捧著它們坐車。最初的幾公里道路平坦，倒也沒有什麼，及至車子走在不平的路上，搖他入睡的時候，問題便來了，誰能像鳥兒一般，睡著了兩手還抓著樹枝呢？所以楚嘉只有忍著，任是眼皮怎樣的發硬，也不敢闔起來，而且道路是多麼的漫長啊！為了杯子，為了父親，又有什麼法子！

可是眞正的問題，還不止此呢！車過鎢砂嶺，後輪上的鋼板卡地一下子斷了，上面正是他的坐位！這個坐位立刻失去了彈性，車子每一顛簸，必震得他筋骨欲裂，最後楚嘉實在忍耐不住，便採取了半站半坐的姿勢，手上捧著匣子，滿臉無可奈何的表情，還得忍著同車乘客的訕笑！就如此，好不容易熬到了蘭州。

為了這杯子，磨難也算經過很多了，所以楚嘉也越來越對它們珍愛備至。白天辦事，自然是手不離杯，他還特地在馬具店裡買了一串小鈴，晚上睡覺一端繫在匣子上，一端繫在枕頭上，如果有人想偷他的杯子，那是斷斷乎不可能的。因為枕頭另一面，還壓著一把小刀呢！

由蘭州到上海，由上海到北平，全坐的是飛機。當飛機在北平上空盤旋一週的時候，他俯視那些琉璃瓦頂的宮殿，那皚然矗立的北海白塔，眞是一切如故，但一切如故卻給他泫然欲泣的感覺。

父親的古玩店稍有擴充，他老人家穿著黑布皮袍，戴著黑邊眼鏡歡迎他，那是他的父親，一點不錯，但乍見之下，又好像是另外一個人，他們眞是分別太久了。

「好啦，我到底把你盼回家啦！」父親顫抖地說。

「爸，我在外邊，眞是時時刻刻想回家。」楚嘉說。

「別說這種沒出息的話，楚嘉，年輕輕地應該在外邊闖天地，外邊才是你們的世界，回家來看一間古玩店一個老頭子有什麼意思！」

「離家太久實在是想念你老人家。還吹簫嗎？」楚嘉看看牆上的簫，依舊像八年以前那麼掛著，而且簫管更紅了。

「吹呀，不吹的話，生活不是連點聲音都沒有了？楚嘉，你的工作怎麼樣？」

「我還沒有打算，這次得好好同你商量，我才二十四歲，我的將來——」

「我信任你，楚嘉，你的選擇力很好。不像楚濟——」

提到了楚濟，楚嘉心裡不由得愛妒交集。

「楚濟情況不大好，一直沒有合適的工作。」父親眼睛望看地板說。

楚嘉忽地抬起頭來，「那麼拉娜，她——」

「你奇怪他們沒接你，是不是？他們住在外邊，而且拉娜就快生產了。」

遠道歸來的楚嘉，雖然此時心事重重，卻仍顯出他高興的情懷，於是把拉娜丟在一邊，說：

「爸爸，不要太操心，每個人都按自己的想法種他的花園，他們慢慢會好起來的。」然後用更愉快的聲調說，「爸，您不是打電報要我買夜光杯嗎？簡直把我找苦了，到底被我——我去拿來您看！」

陳老先生的臉色聽見夜光杯三字，頓時嚴肅起來，撩起袍子，走進書房，楚嘉知道每當父親撩袍子的時候，便是他有較重要的話要說了。楚嘉尾隨而進。

「好吧！楚嘉，拿來我看看。」父親說，語調之凝重，好像他要看的是一艘巡洋艦。

楚嘉跑出去，匆匆取來了一隻匣子。

「楚嘉，你坐下。」父親說，「看杯子的事，我本來預備明天鄭重其事地請幾位親戚朋友，連同楚濟一塊兒來欣賞，可是現在想想，只有我們兩個人也就夠了，因爲你是個聽話的孩子，我是個公平的父親，這樣也就說得上是鄭重了，好，咱們坐到亮的地方來，你把那小茶几攞在咱們兩人中間。」

楚嘉一一如命。

「我的櫃子最上層，有一隻小匣子，你拿給我。」

楚嘉在拿的時候，由於手指、眼光的感覺，覺得這不是一隻普通的匣子。他父親接過，小心地打開來，使楚嘉吃驚的是，他父親竟拿出兩隻非常耀眼的白玉杯來。

「啊！爸爸，您已經有了夜光杯！」楚嘉說，但他一眼就看得出，比起他的超等玉杯來，那仍算是次貨。

「這是你二哥給我買的，他說這稱得上是塞外孤品了，可是我看看不中意，現在我看看你買的。比一比。」

楚嘉想，比當然是不怕比，把我的杯子拿出來，楚濟的杯子就用得著「黯然失色」這四個字了。

他父親挽起袖子，用他那雙有經驗的手，把楚嘉的盒子上的縫線一針一針地拆，拆完了，又慢慢打開那透著邊疆寒氣的毛織合子布，然後一字一頓的說：「我看看你們兩個誰識貨，誰最孝順我，看看——」

楚嘉想，爸爸你小時偏疼我，絕沒有疼錯，世上還能有誰比我找夜光杯找得更苦的嗎？他還像兒時一般，很有把握的，等著父親的讚美。

「爸爸，在你把玉杯拿出來以前，最好把眼睛閉上，先用手摸一摸，它是什麼個紋理，什麼個身分——」

但是，出乎意外地，他忽然發現，父親手中正要揭開的，是他那隻寫著C字的匣子。在匆忙中，他竟拿錯了。

「爸爸！」楚嘉著急地站了起來，「等一等！」

「你想把杯子收回是不是？辦不到了，這是爸爸第一次要你買的東西——」

「不，我是說，」楚嘉囁嚅著，眼睛望向門外，希望有誰能把那個寫E的匣子立刻送來。

「你坐下，楚嘉，急的什麼，就是買的不好，爸爸也不怪你。你聽著！爸爸年紀大了，沒什麼留給你們的，這間古玩店早晚要交給你和楚濟經營。可是你們倆和拉娜的事我已經知道，再叫你們合夥，是不可能了，但是把這個店鋪分開也不合適，況且，我也不願意我的兒子個個做這種生意。可是，這間店鋪究竟給誰呢？我想出個主意，我要給你倆人之中那又識貨，又對爸爸的事業有興趣的那一個，所以我要你們每人買一對夜光杯，這是塞外名產——」

父親把楚嘉買來送人的灰綠色的粗杯子擺在茶几上，和楚濟的白玉杯相較之下，眞使他無地自容，但一會兒，他的眼前什麼杯子都看不見了，那些杯子變成了神色黯澹的楚濟，大腹便便、衣衫襤褸的拉娜，還有他們毫不快樂的孩子。他的眼睛模糊起來。他的耳邊只聽父親道：

「楚嘉！這樣的東西，你還讓爸爸閉著眼睛摸一摸呢！任何人都可以一目了然，比人家楚濟買來的，差遠了，況且我打了電報給你，而楚濟卻是自動的！」

「爸爸！」楚嘉含淚道：「我眞慚愧，我只是隨便買了兩隻，我當時太匆忙，我——沒有資格經營爸爸的古玩店鋪，我將離開北平遠遠地——」

楚濟和拉娜經營著店鋪，那店鋪一天天發達起來。他們生了兩個孩子，過著十分美滿幸福的生活。但他們直到父親死後，還不知道有和弟弟「比杯」這一幕，因爲楚濟他根本未曾給爸爸買過任何的夜光杯，爸爸那兩隻是由日本兵手裡買的。

——原著發表於一九六三年二月

捉賊記

風雪已經繼續了好幾天，到了晚上風又加強了。雪花把足跡重新鋪平。

「風窗門好了沒有？」我一邊拍著五月大的嬰兒入睡，一邊不安地問元中。

「關好了，早就門好了。」元中說，「老吳，你看我們的窗戶，兩層玻璃，一層木板，還怕這怕那的，將來回到內地時，豈不覺著天天像露營了？」

我丈夫胡元中正和一位姓吳的朋友談天。大「毛爐」裡剛加過煤，雖然關著爐門，也聽得見火焰在裡面呼呼的響著。自從伊犁事變，謠傳著哈薩克要洗劫迪化城以來，就很少有人在夜裡來談天了。下午四點一過，便已入夜，街上行人絕跡，到處都是各種各樣的狗，番狗、狼狗、牧羊狗、土狗，互相追逐，狂吠連連。再不就是每隔幾小時維族的阿洪們喊著足以搥心裂肺的禱告，那淒涼虔誠的聲音，由寺裡的高臺傳出來，對我們不懂維語不信回教的人們而言，他好像正在喊著：「孩子們哪，要睡得警醒一點啊，要注意風裡的馬蹄聲啊！」

我們的宿舍裡原本住著三家，前不久另外兩家都遷到蘭州去，遠離了這恐怖之城。只有我們一家住著，因爲我不願留元中一人在迪化，同時也怕孩子身體弱，支持不了長途的跋涉，如我們三人之中，有一人死於這場變亂，我們寧可都死在一塊兒。

塞外的冬夜，本來是漫長的，加以風聲鶴唳的恐怖，使人覺得時光漫漫難挨。一到晚上，我們便想盡法子找各種各樣的消遣打發長夜，並且希望越疲倦越好。有時下棋，有時猜謎，可是無論什麼消遣都是兩個人，就總覺著像裝著玩似的，不能專心。有一天元中下班回來，帶回一大塊豬油，我們向來不用豬油煮菜，我問他這是做什麼的。

他說：「我們今天晚上來做點心，點心沒豬油就不行。」

「做點心？」我驚詫地問，「連做乾飯我才學會沒多久呢！」

「我來做，你來幫忙。」

當晚眞就做起點心來。我們做的點心，叫做芙蓉糕，也就是薩騎馬。這可把我們足足忙到了半夜，先是把豬油化好；再打蛋，攪糖、和麵、加上發粉，再把麵粉揉成極細的條狀，放在油裡炸熟，炸好了麵條，又熬糖漿，最後把糖漿與金黃色的麵條混拌一起。

這一切手續都是他買了一塊芙蓉糕細心琢磨研究出來的，但是他忘了最要緊的一樣東西。

「哎啊，我們需要一個模子！」

「什麼叫模子啊？」

「模子是個木做的模型，沒有模子怎能把這堆黏稀稀的東西弄緊壓平呢？」

「我們有兩個模子！」我靈機一動地說。

於是我把書桌的兩個抽屜騰空，拿給他。

元中不禁哈哈大笑，說，「當初買它的時候，知道有一天派上這個用場，我該挑那個小些的扁些的了！」

我們胡亂把混了糖漿的炸麵條，塞在抽屜裡，並別出心裁的擺上一層葡萄乾，上面壓了厚厚一堆書。

這樣一忙，就過了十一點，餵飽了嬰兒，我們倦極而臥，酣睡天明，任是街上有什麼騷動，地上下了多麼大的雪，馬蹄聲多麼近，我們都聽不見了。但不幸的是我們不能每天都有點心做，而哈薩克、風雪、寒冷和駿馬的嘶叫卻永遠存在著。所以我們很盼望朋友來談天。

那天晚上，同事老吳過來談天，我們很歡迎。

「睡了？」元中指著嬰兒問我。

「睡了！」我說。「我去給你們沖壺新茶。」

我們有兩間房子。外間是客廳，有一扇玻璃門通向院落，在冬天客廳實際上並不招待客人，只擺些米麵煤油之類，因爲一來天冷，到廚房拿東西不便，二來臥室裡暖和，客人都是在臥室裡談天。客廳與臥室之間是兩扇對開的西式房門，關門時裡面只用掛鈎鈎著。臥房的另一邊也有一門，通向一個狹小的過道。那兒被元中改爲冬天的廚房，裡面按裝一隻煤爐，一個碗櫥，櫥邊有一道十分厚重堅固的門開向院子，裡面用鐵鈎關得很緊密。門旁，也就是我們的東廂房，便是夏季廚房，那兒設備比較考究，但十分寒冷，雞蛋拿過去，立刻變爲冰球，所以一到冬天，那兒就棄而不用了。

我剛把手放在通往過道的門柄上，感到有些害怕，便回過頭來，惴惴不安地問：「元中，你陪我來拿開水好不好？」

「怎麼，從這屋到那屋，只穿過一道門，你就怕了？」

「不是怕，今天風太大了，我脊梁骨兒有點發冷。」

「風大有什麼關係，所有的門我都關好了。」

其實，眞沒有什麼可怕的，在明亮的燈光下，開水在火上冒著氣，碗櫃潔淨無塵，鐵鈎掛得牢牢的。

泡好茶，老吳說，「下次有便車，還是把太太孩子送到蘭州去吧。」

的。」

「我才不走呢！」我說，「我又不怕，剛才只是我聽見有人拉過道的門。其實是風鼓

我的脊粱骨兒仍舊有些寒冷，便伸手在一隻大口袋裡摸出一碟子晶瑩翠綠的葡萄乾來，又在另一隻口袋裡抓出一把杏脯，嘴裡連說請用請用，心裡卻知道他們不會吃的，這些東西他們早都吃膩了，我這樣做，只是怕兩手發軟，牙齒顫抖而已。

「她倒是眞不怕，」元中向老吳說，「眞刀眞槍她都見過，七七事變她才十八歲，是自個兒從北平逃出來的。」

「你的膽子眞夠大。」老吳向我舉個拇指。

「我的膽子又不是蘿蔔做的，怎會比別人大？不過我總以爲一件事情，如果不能面面俱到，就得只顧我們認爲對的那一面。以前我要求學，所以不怕日本人；現在我要照顧丈夫和孩子，所以不怕哈薩克，但是我卻怕小偷。」

當時我不過二十五歲，在一般朋友之間，都以爲我是個勇敢的人。

「老吳，談到小偷，說眞格的，劉處長丟了的孩子有個眉目沒有？」元中提起迪化很轟動的一件案子。

「時局這麼亂，上哪兒能有眉目？」

「聽說他們懷疑是以前挑水的工人半夜給偷走的。他那兒子才七個月大，眞可憐。」

「簡直越鬧越不像話了。」

「聽說這種案子還不止一起呢，當局嚴禁宣揚，怕妨礙了搜捕。」

「謠傳著說孩子失踪那天，挑水的也沒上工，此後就不見人影了。劉處長要求搜捕那個叫阿不都拉的工人，三十多歲，右手是個六指兒，說話公鴨嗓。一口很好的漢話。」

「你倒記得很清楚。」

「因爲我也有孩子嘛！」元中看看在自己床上躺著熟睡的嬰兒接著說：

「也許一切都是猜測之辭，果眞這樣無法無天，還成個什麼世界？」

「還有更可怕的呢，我們也只能姑妄聽之。」

「怎麼個可怕法？」

「據說偷去的孩子都賣給哈薩克了，將來他們可以把我們漢族的小孩擺在馬上，然後和中央開談判。」

我聽了不禁毛骨悚然，如果他們眞是那樣的殘忍，我的滯留迪化，就得重新考慮了。

「老吳，你說話可要留神，把我太太臉都嚇白了。」

「不必怕，摟緊你的孩子，只當看小說，哪有竟是眞事兒的？」

老吳喝下最後一口茶，穿起他水獺領子的狐皮大衣，放下帽子的皮耳來。

「就要走啦？」元中問。

「走啦，明天見。」

「明天見，大概小偷不會偷走你這個老孩子。」

他忍著笑，因爲狂風灌滿了他的喉嚨，踏雪遠去。

送走了客人，已將近十二點。我們檢查了所有的門窗，扣上門鈎，洗臉就寢。只聽見外面風聲似吼，震搖著屋頂，好像整個天山，長滿了翅膀，到處飛翔。

過了一會兒，我聽見風窗上有答答答的聲音，十分清晰，我坐了起來，又是答答兩聲，我輕輕對元中說：「你聽！咱們窗戶上有聲音，會不會——」

他也坐了起來，側耳傾聽，然後恍然大悟地說：「不要庸人自擾啦，那不是晾衣繩子被風吹的，打在窗戶上的聲音嗎？繩頭兒太長，吊下五六尺來，我明天就去把它剪下來。」

「繩子？不像是繩子啊，明明有點像石頭子兒嘛！」

元中一向是信任自已的判斷，轉身便睡，我雖狐疑滿懷，不久也酣然入夢。

不知過了多久，嬰兒醒了，換好尿布，餵奶，接著我又朦朧起來，可是孩子那天十分反常，三番五次的啼哭，我不得不起來拍他搖他。好不容易他安靜下來，我的眼皮也沉重了。正在似睡未睡的當兒，偶一睜眼，好像眼前忽然有個滿臉鬍鬚的維族人，正由客廳與臥室之間的門，伸頭向內探望，於是我的神經頓時極度的緊張。用手揉了揉眼睛，仔細看看，哪兒有什麼維族人？只不過是一隻花瓶的影子，心想明天趕快把它換個地方，免得它這樣的嚇我。

但是我再也睡不著，屢次努力閉上眼睛也毫未奏效。當我的眼睛再看一看那兩扇房門時，立刻又發生了疑問：

「咦？怎麼那個掛鉤開了？而且還在不停地搖擺？上床以前，我明明是扣好的呀！」

——也許是風太大了，可是屋子這麼嚴密，風總不會有力量把掛鉤吹開吧！我的心不禁撲撲跳著。

我本不願打擾熟睡的元中，恰巧這時他翻個身，我便輕輕推醒他，呼吸不勻地說：

「你看，咱們的門鉤兒開了！」

他驚詫地望望那仍在搖擺的鐵鉤。

「而且我好像看見一個人伸進頭來。」

他霍地翻身坐起，沒說一句話，光著兩腳，推門而出，剛一推門，只聽他斷命地一叫：「有賊！」

原來他和門外的賊正撞了個滿懷。

接著，院子裡各個角落都響起雜沓的飛奔的腳步聲。

我此時也不知什麼叫害怕，什麼叫安全，立刻披衣下地。結了厚霜的玻璃窗外，已有薄薄的曙光，風也小了，房門敞開著，而我的丈夫赤著雙腳站在外屋客廳的地板上。

我用雙手抱著他一隻胳臂，把頭伏在他的肩上，感到他微微的顫抖，他想要如平常一般，用厚暖的長睡袍圍著我，卻發現只穿一件單薄的睡衣。

檢查的結果，賊是由客廳的房門進來的，而未待入內，便被發現，窗下的積雪上還堆著幾粒小石子兒。那是他們探聽動靜用的。

我們衣物沒有損失，賊人卻丟下一件維族人慣穿的黑布敞領棉大衣。

元中匆匆地穿好衣服，包起那件令人心顫的黑棉衣，對我說，「我到警察局去。」

「算了！我們也沒有什麼損失。用不著報案了。」

「這是我們的責任，根據這件衣服，可能找到竊賊的線索。」

「警察局那麼遠，鄰居們都在睡，他們離的也遠，我感到有點怕，我抱著孩子和你一起去好嗎？」

「天都亮了，賊也跑了，用不著害怕啦，若實在怕，把門鎖好，我一小時之內就回來啦！」

他走了之後，我又鎖好房門，把鑰匙放在大毛爐的土洞裡（平常是放茶壺的）然後又回到臥室，把掛鈎扣緊。這時聽見街上有遠遠近近的馬車鈴響，心裡稍較寬鬆，但步履還是軟癱癱的。

我在床邊疊好嬰兒的棉衣、尿布、毛巾，擦乾了奶瓶。看看桌上的仙人球，周圍已生出三個毛茸茸的小球，緊緊地附在大球上，好像一個母親摟著她的三個孩子。

嬰兒還熟睡著，我想元中等會兒回來，應該有杯熱茶，便去過道升火，正在我擦燃火柴的時候，忽然背後傳來一個陌生的男人的聲音。

「太太！借我一根火！」

我向碗櫃一靠，幾乎跌了下去，整個房子，好像天搖地轉的，我看見碗櫃的另一端站著個滿臉鬍鬚的維族男子。他的衣服單薄，不停地用袖口擦拭清水一般的鼻涕。我雖然被這突如其來的景象驚呆了，但我的頭腦還清醒，我知道我已經把一個賊鎖在屋子裡了。

「給我一根火，我想抽菸。」那人說著，由懷裡掏出幾小塊白紙，一包菸末，照維族人的習慣，很費力地捲起菸來，因爲他的手發抖，捲了半天也捲不好，我注意到他的右手多了個手指。

我給了他火柴，他點著了菸，貪婪地吸著，並且隨我走進臥室。

「掌櫃的去找警察了？」他用維族口音的國語問我。他的漢話的確很流利。

「是的！」我抱緊了我的嬰兒，剛剛接過來的火柴，散了一地。因爲我清楚地聽出他是個公鴨嗓子。他就是那警方正在尋找有偷孩子嫌疑的阿不都拉。

不錯，就是他，劉處長的挑水工人阿不都拉。年紀三十多歲左右，滿臉黑色的鬍子，面孔蒼白，兩眼像兩隻利刃一般望著我。那時我的感覺好似屋子突然下陷，變爲深不可測的毒潭，而我抱著孩子，正慢慢下沉。

「把門給我打開！」他大聲地說。

「我沒有鑰匙！」

我面臨考驗了！心裡爲「放他走」、「留住他」而不斷地交戰著。爲了我和孩子的暫時安全，應該打開門，讓他走路；但我又想，放走了他，誰知以後他還會犯下什麼樣的罪？不能放他，他已經自投羅網！

吸菸使他恢復了精力，他把菸蒂向地板上狠命一扔，又衝著我壓低了聲音說：「把門打開！我叫你把門打開！聽見了沒有？」

我見他伸手懷內，那兒露著一個亮晶晶的刀柄。

我的喉嚨堵塞，眼睛花亂。回想我短短的二十五年生命中，無論做學生，做妻子，做母親，總是盡責而誠實的，假使上天有眼睛的話，爲什麼叫我來受這樣的恐怖和磨難？在那短短的幾秒鐘裡，我想著很多事情。

現在阿不都拉已緊迫在我的眼前，凶暴地問我：

「鑰匙擺在哪兒了？」

「掌櫃的帶走了！」

「不要騙我！快拿出來，要不，我就不客氣了。」

他的聲音裡好像帶著許多刀痕，令人作嘔。

「告訴你實話吧！」我清晰而有力地說，「縱使我有鑰匙，也不會給你。」

「你說什麼？」他跳了兩步，向我揮動拳頭，「再囉嗦，我要翻了。」

「隨你便，不過你現在當著我的面拿任何東西，都是強盜，強盜比小偷的罪要重得多。」

他使勁地捶著桌子，做著奇怪的手勢，像要把我的眼睛挖出來，他是氣極了。

我想他可能操起一把椅子把窗戶打碎逃出去；我想他可能掏出那把刀子刺進我的身體；這兩樣都是我阻止不了的，但他只端起了昨晚的洗臉水，向著我，向著孩子沒頭沒臉地潑過來，嘴裡不住地叫，「給我鑰匙，給我開門！」接著就打開所有的抽屜。

孩子被潑驚醒，號哭不已，冰冷的水把他的小身體濕透了，當時是零下十二度，火熄了，一個賊人站在眼前。

「我絕不給你開門！你這狗！」

髒污的水紛披一臉，寒冷使我心肺俱僵，但我不顧一切要給嬰兒換上溫暖的衣服，可是怎麼辦呢？一切都濕了！在急驟之間，我想出了唯一的法子，我把嬰兒裹在我的被裡，再把濕了的東西扭扭，然後解開我的皮袍扣子。

阿不都拉焦急地東翻西翻，沒有結果，一轉身看見我正扣皮袍的鈕子，便叉著腰冷笑道：

「好！你把鑰匙藏在懷裡了！你以爲藏在那兒我就不敢翻嗎？」

像隻發了狂的獅子，他又蹤到我的面前，粗暴地解開我的衣鈕，並且由腰帶之上，貼心的地方掏出一堆東西來：那不過是一個小棉襖，一個奶瓶，四五塊尿布。這些東西堆在地板上冒著微微的熱氣。

熱氣就是我僅有的體溫，它白白的飄散了。我的牙齒在不住地打抖，身體連打抖也不會，只是冰冷而又冰冷。

阿不都拉看見這堆東西，突然臉色一變，廢然坐在椅子上。

好一會工夫，阿不都拉沒有行動，也沒有說話，我驚異地望著他，只見他雙手抱頭，搖擺不已，然後驀地抬頭，抓起桌上的一顆大頭針，用他那畸形的手指使它彎曲，血一滴一滴的流在地上，這時他抬起頭來，淚痕滿面，好似有難於言說的痛苦。

「太太！你知道我是誰嗎？」

「我不知道。」其實我知道，我怕說出來，增加恐懼。

「我是阿不都拉，以前給劉處長挑水的。」

「唔，阿不都拉。」

「太太，你爲什麼這樣恨我們維族人呢？」

「我不恨維族人哪，不但不恨——」

「那麼你爲什麼把我鎖起來，不讓我走？」

「我不放你，是因爲你做了壞事。警察局正在抓你。所以我不能親手放你。」

他突然站起來，抽搐著嘴角，詞不達意地說，「他們要抓我？是不是疑心我偷了劉處長的孩子？」

「是。」

我看看錶，元中已經去了三刻鐘，心裡充滿了矛盾，希望元中快點回來，把這個賊人逮捕；又下意識地希望阿不都拉趕快把握時間逃跑。因爲在他說話的時候，臉上突然變得非常純靜而善良，「悔意」已揭去了他凶惡的外衣。

「太太，劉處長的孩子不是我偷的。我沒有偷孩子！」他說。

「你沒有？那麼，你爲什麼逃跑？」

「因爲我知道是誰偷的，那天夜裡我正出去……看見……」

「既然你知道，就應該去報告，你自己不就沒有嫌疑了？」

「他是我的朋友，一個塔塔爾族人，他用槍威脅我，叫我跟他走，不然，就殺死我，我沒有法子。」他看看我的房門，看看我的床，接著說，「夜裡他就站在那個門外等我……」

我明白我在朦朧中所看見的那張臉，和元中撞個滿懷的就是那個人。

「阿不都拉，」我說，「我不能給你鑰匙。」一個人在那種環境之下，絕不能相信賊人的話，我心底下以爲他之所以突然表示悔悟，是因爲看清我不易被凶暴所折服，所以換個柔和的方式來打動我。

「現在我的掌櫃的快回來了，如果你要逃走，還有一點時間，你可以拿起一把椅子，砸碎門窗——」

「那樣不行，太太，聲音太大鄰居們會聽見，我還是跑不了。我——我更怕他們，我是說那個塔塔爾人，怕他躲在什麼地方等著我，我就又落在他的手裡了。我的心裡有兩個我，待在這裡怕警察，跑出去怕他們，所以我要鑰匙，太太你放了我，我就不得不走了！」

「聽你這麼說，好像有人逼你做壞事似的，可是剛才你那麼忍心地潑我們冷水，並不是有人逼迫你的吧？」

「是沒人逼迫，我來的時候，也是一半自己願意，因爲我太窮太餓，我現在後悔了，太太，我不願意和他們在一塊兒。現在我情願等著警察來。」

「爲什麼改變得這樣快？」

「我——剛才看見太太把那些濕東西放在懷裡，這麼冷的東西放在懷裡，我忽然間想起了我媽，我媽以前給俄國人修油井，把我就擺在她懷裡，還有一個饢（維族人慣食的大餅）也擺在懷裡，俄國人叫她把我扔下來，她說野地裡太冷，俄國人打她，天下雪，罰她站在那些冰冷的鐵管子上，可是我還是暖暖和和的。我看見太太不怕冷，我就想起了她，我想——她一定不願意我做這些事情的。」他說不下去，喉嚨裡有痛苦堵塞著。

警察帶走了阿不都拉，我才感到眞正的恐怖。如果我那時床上空空的，把孩子已經丟了怎麼辦？嬰兒的眼睛是這麼的又黑又亮，嬰兒的笑容是這麼的甜蜜可愛！我不禁雙膝跪在床邊，流著眼淚，撫摸著他的小手小腳，心裡有無限的感謝。

——原著發表於一九六三年

妮娜　妮娜

到了迪化第二天，火爐也沒升，行李也沒打開，外面下著很大的雪，我就匆匆跳上一輛六根棍兒（新疆一種簡單馬車），趕到新疆日報社去。那兒的職員都停了筆看著我，看我慌慌張張，急急忙忙的樣子，一定是出了什麼大亂子，或者就要出什麼大亂子了。

我一動不動，站了一會兒，讓我的睫毛上鼻尖兒上的白霜融化。這樣，我臉上被凍僵了的肌肉，才慢慢恢復原狀，嘴巴才可以講話。

我沒有什麼驚天動地的消息，我只是說：

「先生，我要登一則尋人廣告。」

於是我寫：

「妮娜，女，歸化族人。見報請速來下址相晤。重慶鄭新羽有東西和信帶給你。
迪化南梁大街八六號鄭小羽。」

這是我從重慶動身的時候，爸叮囑我辦的一件大事。爸是海關的職員，民國三十二年，奉命到伊犁設關。到那兒沒多久，就遇著哈薩克人鬧獨立。他們侉著刀騎著馬，滿城亂跑，到處殺人。所有內地去的人，都集中在飛機場一座倉庫裡，被圍得彈盡糧絕，先是吃馬，後來連皮鞋也吃光了。死了不少人。

雖然如此，我當時仍然希望爸是其中的一個。因爲如果他不和自己的人一塊餓死，必有比餓死更悲慘的遭遇。

可是爸那時就偏偏沒有在倉庫裡。一個歸化族的女人，把他藏在自己家裡，事情過後，又幫助他逃出伊犁。她就是爸要尋找的妮娜。

我用不著再問關於妮娜的一切。爸從新疆回到重慶之後，已經講得太多了。妮娜在我的心目中，佔有一個崇高的地位。她是個美麗聖潔的公主型人物。據說她沒有父親，只有母親和她相依爲命。母女由伊犁流落迪化，誰也不知道她的地址。

我收拾了一間空屋子。屋子裡的佈置非常高雅，那是妮娜的小行宮。牆上掛著一幅妮娜的畫像，是側影，很美麗，由爸爸口述他的印象，請名畫家執筆的傑作。爸說：「有了這張畫，別人就冒充不了啦！」

廣告登出去之後，我以爲妮娜就會前來敲門，聲音激動地說：「我就是妮娜。」然後我說：「我叫小羽，鄭先生是我父親，我眞感激你，太感激你了。你快快搬來和我們一塊住吧。我們只有三口人，我先生在公路局做事，我的孩子才五個月大……。」

可是一個月都過去了。妮娜還是毫無消息。那些日子，我的心情十分紊亂。接到爸爸由重慶來信，說他病了，已經住進醫院，這更增強了我找不到妮娜的焦急。加以迪化氣候太冷，嬰兒太小，心情之壞，無以復加。更煩的是天天要應付那些來敲門求職的白俄女人、維族女人，而每次我都以爲是妮娜來了。她們曾不厭其煩地問：

「太太，要升毛爐洗衣服的嗎？要擦地板的嗎？啊！不要？要不要我掌櫃的來給你挑水？」

她們要做半工，能幹的人，每天上午就能做八九個半工，但是他們的名聲很不好，撒謊，偷東西，和男人的關係隨便，況且他們差不多都年輕漂亮。我早就下了決心，不管我怎樣的手忙腳亂，也不能用這一類的工人，因爲家裡一有她們的芳蹤，就是裝上電網，也阻止不了那些光棍兒同事，天天來吃飯了。

提起吃飯，二十多年以來，我對我先生有一項最大的不滿，就是恨他那天竟自作主張，請來一群同事，到家裡來吃薄餅，並且就像人家來吃薄餅，對他是無上光榮似的跟我說：「這是第一批！」

災難來臨，我不得不申述我的困難。

「對不起，在下根本不會做薄餅。」

「沒關係。你不會，有人會。」

「誰會？」

「我呀！你嫁了個烙餅師傅，難道自己不知道嗎？」

他會做薄餅？眞是不堪想像！兩隻手小畚箕似的，手指頭鋼條似的，怎能做出紙一般的薄餅來呢？

他看我滿臉狐疑，就笑著說：「你不相信是不是？告訴你，古來有穿草鞋進北京做官兒的，現在就有我梁大綏無師自通做薄餅的。有啥希奇？到時候，你只管在屋裡抱孩子，廚房根本用不著你。」

我眞有些摸不透，前些日子過陰曆年，我們兩人忙了一頓餃子，先是怎麼也弄不熟，後來熟了又變成片兒湯了，那次，他怎麼不吹什麼穿草鞋進京做官的話呢？

這且放下不提，我又說：

「先生，咱們當然得在客廳吃飯了。可是客廳和廚房之間，是院子，這院子可不同凡響，是名牌大冰箱呀，保險你的餅一經過院子，就會跟生鐵片差不多了。

「這個也不勞太太操心。」

請人吃薄餅已成定局，還有什麼說的，我只能祈禱著客人們對於飲食方面，保留一些上古作風，認為用洋鐵罐煮山芋就是美味才好。那麼，我們的餅再壞，也沒關係了。

即使這點希望也迅即幻滅。客人來了。其中偏偏有那位姓于的老頭子，他是有名的吃家，最講究菜式，怎麼配，怎麼選，聽他講起食道來，就覺得自己像是吃青草長大的。還有一位是林先生，見了人就像戲台上的黃天霸那樣，敞開大襟，叫人欣賞他那綴滿小尾巴的貂皮袍子，那些小尾巴總是一順水地搖擺著，好像有一天都要變成活的貂鼠跑下來，誰也抓不著。這位先生見了菜盤子就皺眉，有叫請客的人，下次改進的意思。另外一位先生更妙，他娶了三姐妹，三位太太總是同時生孩子，吃起飯來，挑挑撿撿。不是太熱，就是太涼，終之，沒一樣是對勁兒的。

我招待這群人眞是膽寒。偏偏孩子不停的哭，一摸，他小床上的兩隻熱水袋也不見了，正急得到處翻找，男主人說：「熱水袋嗎？我拿到廚房去了。你的圍裙呢？借我！咱們就快開飯了。」

他向客人們道了歉，毫不難為情地繫上我的紅花圍裙，大步走向廚房去。

由此開始，我就陷入了煉獄。一方面要和這一批高貴的客人談話，一方面還要聽著廚房的響動，聽見他開碗櫃關碗櫃，鏟煤砸冰，弄得刀碗嘩嘩啦啦的響。如果我的心是玻璃做的，一定被這些聲音震得片片碎裂了。

好不容易廚房的門呀地開了。大綬穿著皮靴，吱吱地走過積雪的院落，在客廳門外高喊：「餅來了！」

我開了門。只見他拎著一隻小箱子走進來。餅呢？

他像變戲法似的，打開箱蓋，裡面是一隻滾燙的熱水袋，拿開熱水袋，是一層潔淨的白布，掀開白布，就是一疊又軟又薄的餅。

大家看他這精彩的表演，沒有不笑得前仰後合的。但是，笑料卻增加了食慾，一疊餅吃光，又是一疊，再是一疊，我眞奇怪，他如何變得如此伶俐？兩隻手是無論如何也不能這樣快的！難道他發明了一種烙薄餅的機器嗎？

放下嬰兒，我走到廚房去。在那通紅的爐子前面，有個女人，正熟練地低頭烙餅。她穿著深紅色的衣裙，長統的黑皮靴。

「太太！我來幫先生烙餅。」她說話時也沒有轉回頭看我。我只能看見她深褐色的頭髮，纖細的身材。

我用責備的眼光，望著我那身繫圍裙，在旁邊微笑的丈夫。心裡說：「哼！你原來是這麼穿著草鞋進京做官的！」

「昨天她站在我們門口，我問她是不是要做工，她說是，而且可以做全工，又會做飯，」我丈夫解釋說，「小羽，我們正需要這麼一個人。」

這時，爐前的女人轉過身來，向我微笑，她的面貌，完全不能和她苗條的身材相配，換句話說，她長得十分平凡，沒有絲毫動人之處。如果撒謊、偷東西是她們的特點，這句傳聞屬實，眼前這個人，必是代表人物。

「太太，你還沒有問我！」

「問你什麼？」

「問我叫什麼名字呀！我叫德美拉。」

「德美拉，你很會烙餅，是不是過去給內地人做過事情？」

「沒有！不過我先生是內地人，所以我會。」

「你的家離這兒近嗎？有空常來玩。」

「什麼常來玩？」我丈夫怕我打退堂鼓，在旁邊急著插嘴說：「從今天起，她就算正式上工了。」

第二天清早，我正升火，升了半天也升不著，德美拉來了。她說：「太太，我升火最快了！我來！」

她伸手跟我要斧頭，我才清晰地看見她的面孔。皮膚不算黑，但不太光滑。眼睛大大的，嘴唇癟癟的，而且右邊的臉，有些兒偏斜，叫人看起來很不舒服，那時我才知道，漂亮的女工我不想要，醜陋的女工我更不想要。

她拿起斧頭開始砸煤，動作迅速而規律，一刻兒工夫，院子裡就堆滿了大小合適的煤塊兒。

「太太！你這引火的木柴不好。」

她雙手舉著我買來的那些二尺來長，三寸來厚的木材，哈哈大笑，好像那些都是絕對不能燃燒的鐵棍子。

沒說什麼，她就一溜煙跑出去，回來用大裙子兜著一堆東西。

「太太！你看！」

嘩啦嘩啦，她倒了一地鋼筆大小的小木柴。

「這才是引火用的呢！」她說。

「這要多少錢？」我從口袋裡掏出小皮夾。

「多少錢？一點不值錢！我家裡有的是！」

「你不要錢，我就不能用。德美拉。」

「那麼太太隨便給吧！我不要太多。」

我給了她五塊錢，她的臉孔頓時紅了起來，因而顯得她的皮膚更爲粗糙，嘴巴更癟了。我心想：爸爸在重慶逢人便道新疆歸化女人的美麗，如果他看見德美拉，做何感想？

第三天黎明，聽見德美拉踏雪而來，在臥室外面急急地叫我：

「太太！太太！」那種急切的語調，像是誰家出了事似的。我忙著披衣起床。

「太太！牛奶來啦！」

「我沒訂牛奶呀！看是不是送錯了？」

「是我帶來的！我家的母牛剛剛擠出來的。不會髒，還是熱的，你和先生快起來喝吧！」

自從來了德美拉，我們的起床時間也提前了，而且我一起來，就被逼著喝她的牛奶。牛奶裝在搪瓷罐子裡，扣著蓋兒，還聞得出濃郁的香味。

我喝牛奶的時候，德美拉就捲起袖子，用混著冰渣兒的冷水擦地板。她把鼻子湊近木桶聞一聞，皺著鼻子說：

「太太，你要吃烏魯木齊的河水才行！這不是河水，這是溝水！有馬尿的味道！」

「挑水的阿不都拉說是河水。」

「他騙你，明天我還要早來，罵他一頓。」

從此我就變成了一個無所事事的旁觀者。在她工作的時候，我不免想：德美拉的上一代，在俄國是幹什麼的呢？她不像貴族，沒有貴族那份高雅的風度，也沒有貴族所特有的細緻的面貌。她們一定是貴族的奴僕，因為忠心耿耿，和主人一塊兒逃離祖國的。妮娜的祖父以前在俄國是貴族，很了不起的貴族。因此她倆的樣子才這樣懸殊。

德美拉整天的又洗又燙，衣襟上經常別著針線，隨時縫上掉了的扣子。有時我不得不說：「你慢慢的做，好嗎？」

她只是搖頭笑笑，她的眼睛裡，對我有種深厚的情意，不是她所會的國語能夠表達的。

不過，家裡只有一樣事，她不愛做。她不愛打掃我給妮娜留的空屋子。她說不如在那間屋子裡擺幾個水缸，免得食水總是結冰。我說，這間屋子一定要保持乾乾淨淨的，因爲妮娜隨時會來。

「妮娜是誰？」

「就是她！」我指著牆上的照片。她凝神地看了好一會兒，問「她是你什麼人？長得可眞漂亮！」

我就把爸在伊犂的事講了一遍。我說，「你認識不認識妮娜？」

「認識——啊，不認識，叫妮娜的很多，和這張畫上的人長得一樣的，沒有。太太，你要找她來幹什麼呢？」

「德美拉，我們是知道感恩圖報的人。我要好好待她，送她東西，送她錢。」

「啊！你眞好！太太！我看妮娜也許不要東西，不要錢，不然，她早就來了！」

「怎麼會呢？她當初救了我父親，我看爲的就是錢。」

我的話好像使她吃了一驚，她楞楞地看了我一會兒，沒再問什麼，只管低頭擦椅子，擦了一遍又一遍。這時，我忽然想起了一個聰明的主意。

我爲什麼要出這個後來證明非常殘酷的主意呢？因爲和德美拉相處兩三天以來，她所表現的勤勉和忠摯，雖然減輕了我體力的負擔，卻無形中給了我精神上很大的壓迫。我斷定妮娜對我爸爸好，是爲了錢，爲了知道我們不會虧了她；可是德美拉對我這樣好，爲了什麼呢？在感覺上，我確知她對我有所企圖，但我不知這企圖是什麼。這樣下去，我會虧欠她越來越多，多到將來無論用多少錢，多少東西也還不清的地步。我開始對她厭煩了。事實上我見她第一面，她在爐旁烙餅的時候，就對她厭煩了。在情緒上，我不允許自己對她發生好感，時時提防著，處處抵制著。我說：

「德美拉，我和你商量一件事情好不好？我常常出去找人，打聽妮娜的下落，道路也不熟，語言又不通，眞的很苦，咱們以後這樣辦，家事還是我自己來做，你出去給我尋訪妮娜行不行？我照舊給你工錢，直到找著妮娜爲止。」

她站直了身體，讓手上的濕抹布，滴滴答答地往下流水。

「太太，你不要我了嗎？我還會做很多的事情呢！況且，我喜歡你的小孩，我看你的小孩也喜歡我！」

這一點，倒稍稍打動了我的心。我的小孩跟德美拉有特殊的緣分，她們倆在屋子裡，總像開同樂會似的，德美拉用俄國話逗他玩兒，他就格格地笑。只是嬰兒不吃牛奶，只吃母奶，這件事使她惶惑，她總是問我：

「太太，他知道那是牛的奶嗎？」

有一回，我和大綬晚間有應酬，把德美拉留下，叫她什麼都不要做，專心看顧孩子。想不到我們在外面耽誤太久了。大綬喝多了酒，醉得迷迷糊糊的，外面又是風雪交加，主人的汽車也開動不了。一等就是大半夜。我的心像亂蔴一樣，孩子沒有奶吃怎麼得了？如果德美拉回家了怎麼辦？她是把孩子帶回家去了，還是扔下孩子逕自走了？

最後天快亮了，我們冒著大雪，在寒風裡掙扎著走路回家。屋子裡靜悄悄的，沒有嬰兒的哭聲。進了屋，我看見一幅奇景——德美拉解開了她的胸懷，摟著嬰兒側臥著，嬰兒帶著微笑，睡得正甜。

「他只哭了幾聲就不哭了！」德美拉羞澀地掩起前胸說：「以後你們出去可以放心了！我有很多辦法哄他。」

「德美拉，你家裡有餵奶的孩子？」

「我？我——沒有！」

「那你怎麼——」

「我泡了一杯糖水，給他喝兩口糖水，就在懷裡摟一摟他，這樣做過幾次以後，他喝飽了糖水，就要睡覺，也許糊里糊塗地以爲我也有甜奶給他吃了。」

雖然她是這樣的用盡心機，我還是不願意留她。我考慮著：她有小的犧牲，必有大的企圖。況且孩子一天一天的懂事了，到了離不開她的地步，那時候她再對我下手，偷我，欺騙我，要脅我，我就無計可施了。她所做的一切，等妮娜來，照樣可以做。妮娜還會騎馬打槍，新疆說不定再有叛亂，妮娜還會像保護爸爸一樣的保護我們全家。我要德美拉這個累贅幹嘛呢？

結果，我背著大綬，堅決地打發了德美拉。我請她查訪妮娜，不必天天來做工，工錢照給，另外還送她一件漂亮的紅色毛衣。

沒有多久，大綬調升蘭州路局服務，我們又得捆起行李箱籠。有一天，正在忙著，德美拉匆匆趕來。神色十分慌張地叫我：

「太太！」

「是不是有妮娜的消息啦？」

她把披肩拿開，露出一張十分痛苦的臉。

「德美拉，你爲什麼哭紅了眼睛？妮娜死了嗎？」

這才她傷心地說：「他打我！太太！我丈夫打我，他變得越來越壞了，我這樣的吃苦，都是爲了他呀！」

「好，等我有時間，我去勸勸他。你把地址告訴我好嗎？」

她清清楚楚告訴了我她家的地址。又後悔不該告訴我。她說：「太太，你別去啦，勸他也沒用，你要救我，只有一個辦法，就是帶我跟你一塊到內地去，這種日子，我再也受不了啦。」

「德美拉，眞對不起，這次不行！」

「那麼哪年哪月你再來新疆呢？」

「本地人還是跟本地人比較好，你跟我走，將來另外嫁個人，或許不如你的丈夫呢！你實在要去嘛，目前只有一個辦法，不知道你接受不接受？」

她沒發問，只閃爍著希望的目光注視我。

「我們局長有個聽差的，想娶個歸化老婆，帶回內地去。要是你跟你的丈夫離了，就可以跟他。他人挺好，就是有關節炎，得常常有人照顧他，他也攢了一些錢……」

德美拉沒等我說完，就哭了起來，她哽咽著說：

「太太，想不到你這樣討厭我！你不喜歡我，你的朋友，你的家人，也不會喜歡我的！我去內地幹什麼呢？我眞傻！」

她三步兩步，掩著面孔衝出屋去，頭也不回，留下我呆呆地坐著。這時，我忽然想起那天我家請人吃薄餅的情形，想起漂著冰塊的冷水，想起清晨的牛奶和深夜裡的風雪，我心裡對於德美拉不禁湧起無限依戀之情。

離開迪化頭一天，上午很晴朗。雖然晴朗，空中仍有微小的雪粒在飄動，行人道上有很多孩子穿了輪子鞋在滑雪。烏魯木齊河結了冰，但是在河邊仔細諦聽，還似乎聽得見深處有嘩嘩的水流聲。

我拿了一包衣物，走到德美拉的家。

那是一個小小的院子，淒涼而冷靜。牆角的茅棚下，有一隻大牛，正在吃草。一敲了門，裡面走出一位年老的歸化女人。

「請問，德美拉在家嗎？我找她有事情。」

「德美拉？我們這兒沒有叫德美拉的。」

「怎會沒有呢？這裡是她親口告訴我的地址呀！」

「就怪了！」

「那麼，你們這兒住著幾位三十歲左右的女人？」

「一個！」

「她叫什麼？」

「她叫妮娜，不是德美拉！」

「妮——娜？我可以見見妮娜嗎？」

「她剛剛出去。」

「多久才能回來？」

她搖搖頭。

「妮——娜！妮娜長得什麼樣子？德美拉是瘦瘦的，大眼睛，臉有些兒偏，很會烙餅、擦地板，這個德美拉你見過嗎？或許住在這兒附近？」

「你說的正是我的女兒妮娜！」

「那麼，我要見見她的先生！」

老太太向我皺皺眉頭，望著室中飄舞的小雪粒，迷惑地說：

「她的丈夫？她從來沒有嫁過人呀！她一心要上內地去，嫁給內地人！從前在伊犁，她遇見一位鄭先生——」

「老太太，別往下講了，快告訴我，德美拉——不，妮娜究竟到哪裡去了？我要立刻找她回來！」

老太太指著遠處的山上，痛苦地說：「那就是她，騎馬走了，一隻手拉著韁繩，一隻手擦著眼淚走了。」

隱隱約約地，我看見山上一個小黑點，那個小黑點慢慢的遠去，卻又像越來越近，一直走到我的心裡。

我放下東西，緩緩地走到那隻大牛的前面，一邊撫摸著牠柔軟的鼻頭，一邊自言自語地說：

「唉！妮娜，妮娜！」

——原著發表於一九六五年八月

玉佛恨

賓英擁著厚被，躺在床上。她丈夫大眞臨出門給她熱好的牛奶，剩了半杯，擱在小櫃子上，看來一些兒熱氣也沒有了。不過賓英喜歡這樣，她等待丈夫買給她一隻美麗的糖罐兒，一手拿糖罐兒，一手拿起奶杯，喝下其餘的奶，如此才能完成她的快樂。在這塞外邊城，買俄製瓷器已成了大家的一項樂趣和炫耀。

她聽見熟悉的腳步，踏過院中的積雪，有人打開外屋的房門，一邊絲絲哈哈的，直嫌冷。本來她想假睡，不願讓大眞看見她眼巴巴等待一隻糖罐子。可是她等了五分鐘，大眞仍未走進臥室來，實在按捺不住，索性睜開眼，一骨碌坐起來，衝外屋問：

「是大眞嗎？」

「你說的還有錯兒？天兒，眞叫冷，銅門把兒都像是凍出了膠水，黏掉了我一層皮。」

「誰問你天氣來著？買著點兒瓷器吧？」既然對方不進來，賓英就推開被，披衣下地。

「弄是弄來點兒東西，」大眞的聲音。

他把手烤熱了，在爐旁解圍巾。「我弄來了什麼東西，這回你可猜不著了！」

日影已爬過第三個窗檻。在塞外新疆，冬天日照極短。太陽並不十分負責地替人們分別晝與夜，溫暖與寒冷。在夏天，凌晨四時即現曙光，而冬天有陽光的日子，還飄清雪，似乎更冷。賓英一點也沒理會那天是週來第一次出太陽。

「你進來嘛！好不好？」賓英說。大眞接著就閃了進來。將手中提著的包包兒，擺在鐵皮箱蓋上，燃起一枝菸，得意洋洋的，「猜吧！你總相信自己的判斷，沒有根據就判斷！這次你非服輸不可！告訴你個線索！我買的不是糖罐兒，卻有兩隻耳朵！」說著，眼光四處搜尋著，「我的桑子酒呢？」

「送給小秀她哥哥那個擔水的喝了，他生病。大眞，這麼一來，我察顏觀色，我猜著了！」

「你說吧！我再給你第二條線索，這東西不是糖罐兒，卻是我們最需要的！」大眞把左腿搭在右腿上，等待賓英的回答。

「我不需要任何線索了。由於你的眼神，放東西的地點和那報紙上的油漬，我猜你買回來的是一塊滷好的豬頭肉。」

大眞洩了氣，丟掉菸頭，放下左腿，站起來，「嚇！眞有你的！我算服了！」於是他迫不及待地打開用層層報紙包著的豬頭肉，舉到賓英眼前。

「哎啊！你是怎麼搞的嘛！」賓英不禁叫了起來。

「哎啊什麼，莫非你一覺醒來，就變成回回了；這才是我們需要的！想吃嗎？咱們三個月沒嚐到豬肉味兒了！眞可惜！沒酒！」

「你又不是愛喝酒的，裝什麼蒜！」賓英撇著嘴，覺著今天沒弄著個罐子盤子，簡直沒法見人，還有什麼閒心顧嘴？

「賓英！我們常常做許多傻事，搞不清我們究竟在什麼時候需要什麼，因而對生活感到不滿意。也許離鄉背井，在這寂寞荒涼的地方，人就不正常了。比方說，你爲什麼如此熱中買瓷器？天天逼我？」

賓英低下頭，聽了這些話，也覺著幾天來逼著丈夫跑東跑西，不對勁兒，所以適才猜豬耳朵的勝利情緒也煙消雲散了，不過她是個不易放棄主張的人，終於緩緩說道：「就是嘛！一共這麼個拳頭大的小城，大家夥兒，低頭不見抬頭見，別人都在這兒搜點兒瓷器擺設擺設，咱們就什麼也沒有！一眼望去，只有白牆，黑爐子！」她說著說著，覺得新疆這個地方，從天到地都虧待了她，不禁委委屈屈的，鼻子發酸。爲了掩飾這些，她把半杯牛奶放在火上，又加了一塊糖，把其餘的十塊都翻到地上去，似這般刺激刺激大眞，叫他明白糖罐才是最需要的，而他本身則是最虧待了她的人。

「這眞是從何說起？我本來是誠心誠意想買樣你愛的東西來著，無奈沒發現你會中意的。賓英，知妻莫若夫，普通的東西你看不上眼哪！忙什麼，咱們在這兒迪化有得住哪！不會三天兩天就離開的，明天我們倆人一道去，好不？」大眞繞過地下的方糖塊兒，熟視無睹地，想溜進廚房找刀，切豬耳朵，不巧牛奶由火上撲出來了，滿屋子燎毛味兒。賓英操著手不動，彷彿在說：「哼！你看！這都是因爲沒有奶罐兒！」最可恨的，大眞不在乎這些，他不慌不忙地把牛奶倒進玻璃杯，而且認爲牛奶裝杯子裡是天經地義沒啥寒傖的。

賓英這回可忍不住了，一把拉他回來，數叨著：

「哼！去買瓷器！騙鬼！你是存心去弄豬頭肉的！你饞瘋了。」

「你這人越來越武斷了，不要一條道兒跑到黑好不好？告訴你！你這種自以爲是，毫無考慮的武斷態度，會招致不可彌補的遺憾，你要改，要改！」大眞也同樣忍不住了，先是坐著，又站起來說。

「你這種敷衍了事，哄哄騙騙的態度，也要改，要改！明明你是七早八早去找豬頭肉的，不是去給我買瓷器的，還說的好聽，讓我好好睡個早覺呢，未必馬市（迪化曉市）上一個小碟兒也沒有？」

「我就是，怎麼樣？」

「怎麼樣，我不准你吃，我要把它釘在牆上當擺設！」

「當擺設？也好！隨你的便，若是我知道你能派它這個好用場，悔不把那家的十付豬耳朵包了園兒！」

＊　＊　＊

在重慶五、六年，他們過的是標準戰時生活。拿粗糙的杯子，粗糙的飯碗，手足所至，缺乏一種細緻的柔和的美感。所以一旦遠離戰時的首都，到了迪化，大家便瘋狂一般搜購各式各樣的俄國瓷器。好像一罐在案，就能恢復了和平時候的安靜和柔美。而且塞外生活，正如塞外天氣一般單調，枯寂寒冷，今天和昨天一樣，明天也不會缺少北風與雪花。於是大家爲了適應環境和心情的需要，似乎都有些反常了。

在迪化，並沒有一家專門售賣瓷器的店鋪。只是大清早有許多維、漢族同胞，聚集在馬市一帶，有的把一隻繪有古代戰爭圖案的大瓷盤，面朝外用手像夾著書本似的夾著售賣；有的將隻紫紅的糖罐擺在地上，等候主顧；或者有人把兩隻上等雙料玻璃杯，摭在黑色油污的棉大敞裡，以至於當你觸摸那貨品時，會感到羶羶的溫暖。然後，買主們便可以聽見由那一堆黑鬍鬚裡，吐出一兩句生硬的國語，好像一堆小鹿由山羊佔領著的小灌木叢裡，四面張望地竄了出來：「先生，太太，頂好的！賤賣！」

賓英和大眞起了個絕早，想在馬市徹底搜尋一番，結果卻大失所望。原因是賓英自己出馬，普通的或是人家買過的東西，她便看不上眼了，他們看見不少瓷器、唱片、皮靴、玉鐲，竟無一件中意。她心目中早已有了理想的模型。特別的顏色，特別的圖案，特別的形式，叫她說出來，她又不能確定，所能確定的是所有入眼的東西，都不合適。到後來，太陽高懸，馬市快散了，她不得不拉著賣唱片的問：「你賣糖罐嗎？」拉著賣長統皮靴的問：「你賣魚盤嗎？我是說，你家裡有漂亮的奶罐糖罐可以勻給我嗎？」

他們笑笑搖搖頭，因經常吃煮羊肉，用冷水洗面而又紅又亮的臉上，滿是驚詫懷疑的波紋。

「我看咱們不要費事啦！要是再溜達一會兒，就把我凍成兩隻腳的香爐了。大概像你心目中那種糖罐兒，一定是兩隻半耳朵的嘍！」

賓英像隻洩了氣的皮球，任北風強勁，也鼓不起興致來，快快走向歸路，她低著頭，傾聽隨著足音破碎的雪花。

「你說那隻滷豬耳朵，味道怎麼樣？」大眞不斷搭訕著，卻得不到賓英任何反應。

正在他囉嗦不休的當兒，賓英插在口袋裡的袖子，被一隻小手輕輕拉了一把，回頭一看，是小秀，和他們住對門兒的小女孩，她父親是山東人，母親是白俄人。

「小秀，你幹什麼？我只有那麼一瓶桑子酒，再沒有了，給了你們，還受一頓埋怨。」賓英向大眞無情地瞟了一眼。同時以爲這個窮小孩，除了要東西，還能有啥本事？不過她看見孩子凍得紫青的小臉，又不忍地問：「你哥哥好一點沒有？」

「謝謝你，太太，他好一點了，喝了你的桑子酒，見好多了。可是家裡沒有人做工，就沒有錢用！」小秀用她黑玻璃似的大眼睛盯著賓英，生怕眼光一離開，賓英就跑掉了。

「沒錢？」賓英忽然靈機一動，扶著小秀的肩膀，說：「你家有好的糖罐兒、魚盤子什麼的要賣嗎？倒是有人要！可以出好價錢！」

小秀搖搖頭，把手伸到紅色的上襖內，取出一個小小的白色東西來：「什麼都賣光了，只有這個——這個玉佛了！太太，你買這玉佛吧！完全是最好的羊脂玉！裡面是空膛的！」

不錯，那是一尊磨琢得十分精細的佛像，底座可以打開，賓英打開一看，腹腔裡還有兩隻繡花針，一小球絲線，一張襪子上的商標。

「太太，把這些給我吧！我忘記了。是我藏在裡面的。」

賓英笑了笑，一絲她做小女兒時的回憶，使她臉孔光亮起來。「你說是最好的羊脂玉？」她一邊問著，一邊脫下手套，端詳了佛像一會兒，又掂一掂它的重量。

「這倒是個好東西！賓英！不折不扣也有兩隻耳朵！」大眞看他妻子動了心，覺著一天雲彩快散了，才打趣地說。可是他又怕賓英眞的要買，擔心著那玩藝兒的價錢，所以不住地在地上跺腳，表示寒冷已到了不能忍受的程度，應該適時回家。無如賓英並不著急地說：

「大眞，別瞎扯好不好？我不懂玉石，你是老行家，你給她還個價兒！」

沒待大眞開口，小秀已給她預備索討的價錢，提出根據，「太太，最好的羊脂玉比金子還要値錢！況且這是我死去的父親的東西！現在因為我們實在活不下去了。」

「小秀，究竟要多少錢，你說吧！」賓英一點不信小秀的話。她斷定玉佛是這孩子偷來的，應該用嚇唬的手段，使她討價合理，所以轉身對大眞道：「喂！我好像在哪兒看見這一模一樣的玉佛，大眞，你記得吧！是不是警察局沈局長家裡？」

大眞明白她的伎倆，他認為不該對一個孩子耍花槍，這才簡單地痛快地問小秀：「小秀，多少？別撒謊！」

「兩萬！」小秀伸出兩個手指頭，像兔子耳朵似的，還動了動。

兩位顧主相視搖頭，「兩萬！」在那年頭，兩萬就是十兩黃金！

大眞站了半天，腳都麻了，看見妻子兩眼緊盯著他，並且小聲嘟囔著：「佛身足有四兩重！」便知道事情臨到頭上，躲是躲不了的，這才挺挺身子先衝賓英說：「無論如何，有她個譜兒，一隻耳朵一萬！」然後又衝著小秀，「三千吧！怎樣？」——「我說三千，你聽見沒有？這價錢夠買十隻上好的魚盤子。」

賓英想說話，被丈夫阻止了。

那孩子看看鞋尖，搓搓手，顯然她沒想到大眞是個喜歡單刀直入的人。她媽媽曾告訴她要和買主繞大圈子，現在她發現，她們剛一交手，對方便到了終點。所以自己不得不說：

「先生，我不愛撒謊，五千吧！我媽說的，少五千不行了。」

「好啦，好啦，」賓英怕大眞再還個四千，把交易搞砸了，急急地說，「回家告訴你媽，晚上來拿錢！」

賓英拿過玉佛，喜形於色，她終於有件特別的擺設炫耀同事們了。她一接觸那細膩冰涼的玉佛，就有些手足無措，生怕磕著碰著，因爲沒有盒子裝著，放在大衣口袋裡，總覺著身上藏著個裸體嬰兒那麼不舒服。

「小秀，這玉佛還少點東西吧！」

「另外有個小木匣，不過我媽不賣那匣子，那匣子是我爸爸親手做的，他是個好木匠，還足足做了一個月才做好。」

「單單留著匣子有什麼用呢？」

「太太，我不如道，媽媽說要紀念爸爸，還說誰要連匣子一起買，就要兩個玉佛的價錢，你想，人家誰要呢？」

「大眞！你看奇怪吧！這玩藝兒沒匣子，你給價可太高了。」

「那不容易！退給人家，我還沒給最後的價，是你一口答應的！你呀！就是這麼個人，佔了便宜還怕上當！」

賓英聽到他的教訓，用圍巾堵起耳朵，急匆匆地往前走。小秀在後面跟著。太陽剛剛揭開它的冰帳雪被，探頭外窺，像是專門尋覓那手持最上等羊脂玉佛的人。賓英深深覺得自己是今天太陽照臨的唯一目標。因爲她感到了陽光的撫摸，眼毛上的霜屑融化了。她默默地走，彷彿她離開自己的家很久了。她切盼把玉佛擺在桌上，趁太陽爬上第三個窗檻時，照耀著它，看該是一番什麼樣的景色！

過了南樑橋，橋頭飄過煮羊肉的味兒。

「大眞，我餓了！」

「不見得想吃煮羊肉吧！」

「爲什麼不買點兒嚐嚐？好像不怎麼羶嘛！」

當賣肉的人切肉時，賓英看見他的腕上有隻大玉鐲。

「大眞，他那玉鐲，我敢斷定是次貨！是不是？」

由家門出來，才一個鐘頭，大眞覺著他太太有了大大的轉變，她好像由一個多疑囉嗦的主婦一變而爲不擇吃食的金玉鑑賞家了。

由於玉佛的連繫，小秀終於到他們家裡來，在課餘幫忙灑掃洗滌，每月言定工價三百元。起初幾天，賓英顯得很愉快。有可以誇耀的玉佛，可以命令的小秀，除了天總下雪之外，在這荒漠的塞北，她初次對於生活有一絲絲滿足之感。不過，即使如此，她仍時時不放心地問：「去年我沒來時，也這樣天天下雪嗎？」照她的想法，人和事如了她意，老天爺又要同她搗亂，連春天也不肯按時來臨了。

大眞，小秀，都小心地不去惹她，大家過了段極平靜的日子。

「賓英，由此可如，我們若是能夠好好安排生活，即使身處絕地，也不致身心俱毀。這些日子多麼安樂平靜！兩人從未拌過嘴！以後我也不想爭爭吵吵，這麼著吧！這隻玉佛有兩隻耳朵，你我各佔一隻，你有委屈我有冤枉，都寫個紙條由耳朵塞進去，過些時心平氣和再取出來，就比較有公正的批判了！小秀你說我想的這法子好不好？」

賓英沒吱聲。大眞也萬想不到這項無害的建議，立刻激起了妻子腦中猜疑的波浪，她覺著玉佛被拉做公正人，就沒有誰同她一邊了。她開始感到了孤立和不安。在這種情形下，她很想找別人的錯處，尤其想找小秀的錯處。

「小秀，你的工錢到時候了，這兒是三百元錢！」

「太太！我媽說啦，把我的工錢積在你這兒，託先生給我存起來。我哥哥病好了，可以做工啦。」

「怎麼，家裡不用錢了？」

她覺得奇怪，小秀居然不需要工錢維持生活了。單憑她哥哥擔水能夠用？想來想去，她斷定小秀手腳不可靠，不定順手牽羊撈走多少東西呢！這才她像煞有介事的，把屋裡的東西，都做上記號，米缸畫暗記，煤上灑白灰。

於是一天，她發現了，發現她少了三隻鉛筆，兩瓶醬油，一軸黑線。

這發現使她滿足的成分比驚異爲多。「大眞，都是你做的好事，你把一個小偷兒引到家裡來了。」

「怎麼回事？你是說的玉佛還是小秀？」

「裝什麼蒜！當然是小秀！」

「對於孩子，小東小西何必認眞？我不信她會偷！」

「不信？我證明給你看！」

賓英有些維納斯牌鉛筆，在邊疆，是罕見的。她有兩種外表一式一樣的這類鉛筆。但一種變色，一種普通，她丟的三隻，都是變色的。

晚上，小秀收完碗筷，賓英說：「小秀，我有篇歌詞，請你回去給我抄抄。」她瞟了小秀一眼，看那孩子毫無慌張的表情，就從木匣裡檢出一隻不變色的維納斯鉛筆，交給小秀說：「這隻送你吧！」

第二天小秀把抄好的東西交給太太，不出所料，是用變色筆抄寫的。

「怎麼樣？」賓英得意地向大眞說，「我知道他們這種人沒有不偷偷摸摸的！」

「何以見得？」

「她偷了我三隻變色的，就以爲我所有的筆都是變色的，豈不知我拿給她的是普通的，當然啦，她捨不得都削來用，只用先前偷的那些，是不是？」

「詭計！何必呢？不過是幾隻鉛筆！」

「由小見大，什麼醬油哪，線哪，都是她！那玉佛也一定來路不明！如果是她家的，怎麼沒盒子？」

「等有時間，我們和她商量著買來就是！」

「我才不呢！她偷我東西，我反要向她買個破盒子！」

「人家是紀念品呀！不到山窮水盡，怎麼肯賣？你想怎麼處置她？」

「放心！我不會打她罵她辭掉她，我只是證明給你看，我的話沒錯兒，然後叫她自個兒受良心懲罰！」賓英加重語氣說最後兩句。

話是這麼說著，小秀一晃已做了十個月的工，她的薪水第一、二月合起來，由大眞買了一隻小金指環；第三、四個月買了幾塊洋錢，第五月起，錢法毛得只好等等再說了。這些東西都存在賓英處，怕家裡沒人遭小偷。

那孩子很希望太太給她長點兒工錢，因爲她小心眼裡有個願望。秘密的願望。這願望是她有一天發現維納斯鉛筆不盡相同時，才鑽到她的小腦子裡的。她做了小偷，主人並沒責備她，她想有所補救。她顯得很憂鬱。她看見片片飛下的雪花，想著爲什麼它們不落地就變成銀子。

那時新疆時局很壞，太太已經打算走了，小秀眞不知怎麼辦才好。她好像命中注定，要長期挨受痛苦，雪花飄在山上，又移向心頭。

賓英行期已定，把年來搜購的玉瓷玩藝兒，捆包妥當裝在一隻木箱裡，她特意討來一個紅色銀盾匣子，安放玉佛。

「小秀，把破棉絮擠在空縫裡，小心點兒！」

過了一會兒，箱籠蓋的蓋，捆的捆。這是賓英在迪化最後一夜了。她忽然覺得塞外也自有其可愛之處。一年來，她沒能以全心靈去欣賞雪與風，很有些歉然的感覺，今番離去，彷彿箱篋之中，什麼都齊全了，只缺少耀眼的雪嶺，和冰冷的烏魯木齊河的清水。

門外有擦擦的腳步聲。

「是大眞嗎？」

「是我！太太！我是小秀，我剛才收拾東西，不小心把一隻別針掉在箱子裡了。」

「一隻別針算什麼？還要開箱子？你手裡拿的是什麼？」

「我家的破棉絮，給你再塞在箱子裡點，免得打碎什麼。」

賓英一聽孩子這麼小心她的瓷器，就對於她打開箱子的事，容容易易地答應了。收拾好箱子，小秀找回別針，和太太告別：

「太太，你待我眞好，我捨不得你走，因爲好像我還沒給你做完工似的……太太，我存的工錢，等先生帶回來，通統請你交給我媽吧！」

「你等一等！先生就快回來了，你把工錢和東西自己帶走……。」

不一會兒，大眞氣喘吁吁的進來，聽他的腳步，就知道有點兒高興的事。

「賓英，這才叫踏破鐵鞋無覓處，得來全不費工夫，你看，這是什麼！」

賓英毫不猶豫地猜到了那是一隻糖罐兒。因爲她知道大眞永不能投其所好，她現在倒需要滷豬耳朵上路哩！大眞打開包兒，顯露出一隻黃地紫花的糖罐兒，「合意吧！」

賓英點點頭，不過她縱使愛它，卻不太需要了。「快打開箱子，看看能否再塞進去，拿出些棉花來！」她命令大眞，然後又道，「還是我來吧！你笨手笨腳的！」

她打開箱子，胡亂拉出些棉花，塞進了小糖罐兒，然後又東翻翻西翻翻，忽地灌滿了嗓門兒叫起來：

「糟糕！大貞，小秀偷走了我的玉佛！」

「當眞？」

「我向你扯過謊不成？我是用紅盒子裝的，你看！哪兒有嘛！去去，叫小秀，叫她來！」

小秀早已溜出了房子。

「大貞，你怎麼不著急，去叫小秀的媽來！」

於是兩人以紅盒子爲目標自己找了一陣，這麼一折騰，離清晨開車只有三小時了。

小秀媽剛一進屋，賓英便用勁兒拍打一件行李，表示她的話便是結論，不容爭辯的結論。

「小秀媽！你家小秀偷了我的玉佛！」

「小秀？」做媽媽的不勝驚詫地問：「她不是在這兒陪太太整理東西嗎？」

「裝什麼胡塗？她跑了！偷了玉佛跑了。我那玉佛從你們手裡買來是五千元，小秀十一個月的工錢才値三千三。除了玉佛，還有鉛筆、醬油和軸線，不過我是個慷慨的人，馬馬虎虎，工錢和東西就不給你們了，算是兩抵了吧！」

「可是太太，」那老人搓著雙手，像是她能搓出一些足夠表達她自己的字句來。

「可是賓英，爲什麼我們不再找找看？」大眞動手解開其他的箱子。

「走開！都是你！引來這個小妖精！要買玉佛的是你，要她來做工也是你！我說沒有必是沒有了！」

大眞也無能爲力，他遍尋不著那紅色的匣子，事情便只好如此結局。賓英坐在車上，心想來新疆一年，簡直沒什麼收穫，只算平平淡淡過了三百多天。對於扣了小秀整年的薪水，也毫不後悔。

卻不料車子在快到終點時，遇到意外。滿車行李翻在公路上。賓英的瓷器箱更是摔得零碎不堪。玉碴兒，瓷片兒，揚了一地。內中只有一個精緻的白色木匣兒是完整的，外面裹著棉絮，裡面裝著玉佛，它恰恰嵌在匣中特別設計的凹進部分，毫未受損。見了玉佛，賓英覺著它就是小秀的化身，那個黑眼珠的被冤枉的孩子正以譴責的目光注視她。於是她咬著下唇，顫抖地，打開佛像的匣底，心想內中一定有大眞罵她的條子。可是出乎意外，只掉出一個小紙條來，寫著：「我最後一次做了小偷，偷來媽媽的匣子，可是我的工錢可以補償她。她更需要錢，我哥哥又病了。玉佛，請你原諒我，保佑大家。」那是小秀用維納斯鉛筆寫的。

賓英把玉佛緊貼胸前，淚眼盈眶地親著它。因爲它潔白的額頭，仍似映著天山的雪，它的晶亮的臉頰，正閃著小秀同樣的光彩，她嗚咽道：「新疆，這荒涼的地方，它給我的太多了！」

——原著發表於一九五六年十二月

阿麗亞

每當屋子裡沒人，我抬頭望望日曆，就禁不住思念塞外那些風尖雪重的日子。想得凝神了，閉起眼睛來，好像還依稀聽見人們走在積雪上，那種咯吱咯吱的聲音；看見那成堆成山的凍雞凍魚，甚至聞見那朔風裡煮羊肉的香味。當然，比這一切更牽我懷想的，還是穿著小黑皮靴的阿麗亞。

三十一年冬天，我隨丈夫搬進迪化一座公家宿舍。一進門首先看見一個上柱天下柱地的大爐子，就是所謂的「別列器」。他毫無難色地升起爐子；等到爐火燃起來了，我們才看見原來地板是那樣的又紅又亮，門窗是那樣的整齊潔淨！「喂，你怎麼不脫大衣啊！」他說，「我放了一百多斤煤；瞧好吧，一會就要熱得你出汗！」過了一會，我雖然仍未脫掉大衣，卻跟他說，「喂！你那圍巾怎麼還不拿下來，回頭屋子裡熱，外面冷，該傷風了。」說著，我可是把大衣帶子緊了又緊。

我們如此期待著就要來的溫暖，但火爐儘管呼呼地燃著，屋子裡還是冷得像有無數的瘋貓，披頭蓋臉的咬人手腳。我們坐著看那火爐，彷彿兩條活鯽魚在冰箱裡看看那戰亮的燈泡一樣。

本來我們都忍著不去說「眞冷」，因爲那樣，連這麼漂亮的房子都會變得沒意義了。可是他偶爾不加小心，用濕手去開門，銅質的門柄就粘掉了他一層薄皮，這才他說，「眞冷個扎實！」「可不是嗎？」我說。但他看我對於「就要熱起來」的信念也有了懷疑，又說：「總快暖和了，必是這爐子長久不燒了。」

當天晚上，我們把所能蓋在身上的東西都蓋上了，縮肩彎腿的像凍雞一樣。雖然努力找尋話題，想忘掉寒冷，仍是無濟。「你看那雙層的玻璃窗，到夏天不要悶死人了？」我說。「嗯！」他蒙在被裡回答，我又說，「聽說這迪化夏天連一個蚊子都沒有呢！」這回他連「嗯」的興致也沒有，只擰出一把清鼻涕來。

第二天早晨，四肢關節都像加了許多新的螺絲釘，緊冷酸痛。決定出去看看人家的爐子是怎麼樣升的。剛一推門，就聽見隔壁王太太大聲嚷嚷：「小迪！快把小窗戶打開，透透氣！喂！洋婆子，少加點煤吧！」聽見這話，我是多麼嫉妒又氣憤啊！不過，我心裡對於另外一個問題，卻有了結論，認爲王太太穿的那件俄式皮夾克眞難看，再難看也沒有了。

我的丈夫去上班的時候，交給我一個大紅色有梅花紋絡的存款摺，他說錢存在對門的商業銀行，隨時都可提取。大概這屋子的情形，使他覺得小偷時時都要進來似的。

雪不停地下了一天，雖然人家說前天還是晴天，我不信，彷彿開天闢地以來，雪就這麼下來著，決心要把這塞上之都埋起來一般。這城市也毫不掙扎，任黃昏提早來臨，下午四點已是滿街狗吠。我正在廚房，爲了幾隻凍凝了的雞蛋生氣，心想用腳去踩幾下蛋殼洩憤，這才發現其中半個已緊緊夾在兩隻可愛的小黑馬靴的中間了。

穿著那對靴子的，是個十歲左右的女孩，當地稱她們「二鑽子」，就是混血兒的意思。在黃昏與雪當中，我覺得她的小小的合身的大衣，她的圍巾，她的包頭全是黑的。唯有兩隻眼睛，在當地當時我的心情下，不能說它們像水，像海，像秋日的天空，對我而言，它們簡直像液體的藍色火燄。因爲我打了一天一夜寒戰，才第一次看見可以喜愛的東西。

「太太，擦地板要不要？升別列器毛爐？」阿麗亞（那個小女孩）的媽媽用怪腔怪調的國語問我。她穿著整齊，是個道地的白俄。因期待我的回答才不顧寒冷露齒笑著。

「誰要工作嗎？」我說著，心想她們一定是我的鄰居，看我笨手笨腳才來給我做介紹人。

「我！」她們母女倆同時說。

究竟那天我是怎樣想的，才同她們講好了條件，請她們只給我擦地板，升毛爐，洗衣服，已不太記得了。大概總不出兩種心理。第一，小時聽母親講述日俄戰爭，俄兵欺侮中國婦女的事太多了，存著「想不到也有今天」的報復心。第二，我實在喜愛那孩子的眼睛。

阿麗亞的母親每天上午要擦九家的地板，升九家的毛爐。不管雪片多麼沉，老太太一身單布衣服，外面罩上皮大氅。表面看去非常體面，若在當時重慶，穿著這樣一件皮大氅的，準該坐汽車了。但是她進門一脫下大氅，工作起來就像她是鐵打的，結實利落，碰著什麼都鏗鏘有聲。她家裡有個生病的丈夫，山東人，四個比阿麗亞還小的孩子。

「太太你有紙嗎？」阿麗亞的母親端詳了我的房子一會兒，就跟我要紙，同時搖著她那有經驗的頭。

我猜想她要給我畫一道符咒，便拿給她一張信紙。

「不，大的，大大的。」她說，接著又要了剪刀。

她把一大張牛皮紙裁成兩寸多寬的條子，調了漿糊，拉著我的手，叫我把臉貼向玻璃窗的框子上。

「怎麼樣？」

木質的乾淨的窗框，像似最好的磨刀石，把風變成了利刃，戳在我的臉上。她們母女倆就這麼著，把所有的窗戶縫兒都用紙條糊起來，然後才去升火。

就是如此簡單的，她們帶給了我們溫暖。屋裡不但不再像冰箱，那火苗燃著的時候，若是外面不落大雪，還覺得索然無味呢。我懶得出門提款，就把商業銀行的賬結清，只賸了一點尾數，爲的保存那個存摺，顯然連小偷也不怕了。

從此之後，我每晨躺在床上用過鮮奶，就坦然地聽我丈夫上班的腳步，咯吱咯吱越來越遠，一點不覺枯寂。因爲過不了多久，我定可從來往行人的腳步聲裡，分辨出阿麗亞母女的踏雪聲，咯吱咯吱咯吱，一輕一重，越走越近。她們從不曾使我失望。

升好火，擦好地板，趁她媽媽抹桌椅的時候，阿麗亞總是殷懃地拿起我的衣服，在爐子上一分一寸地烤，一邊烤一邊搓，唯恐熱氣薰不週到，啊！她那兩隻小皮靴是怎樣的挪動啊？當時我眞這樣想過：「我不想要小孩，但爲了時時刻刻有穿這麼一雙小靴子的小人，在我眼前，倒也歡迎。」

我們過了整整一年愉快而幸福的生活。連夏天看見火都不皺眉，冬天看見凍雞，還有閒情逸致去想：「爲什麼把牠們的毛拔得那麼乾淨呢？」鄰居王太太不但成爲我最好的朋友，我更特地聽她的勸告，買了一件俄國式皮夾克，和她的一式一樣。「穿它可以下廚房，不要圍裙，省著總洗！」她說。

享慣安樂的人，總認爲禍患離自己遠，不會臨到頭上。一旦禍患眞的來了，卻又認爲自己必是第一目標。那年冬天，迪化附近鬧哈薩克的時候，我們便是這種心情。伊犁事變沒幾天，迪化天天有新的謠言。哈薩克屠了整個村莊啦，蒙古騎兵也抄後路啦，南山上的哈薩克隨時都要衝進來啦，據說他們看見漢人便殺，小孩子提起兩腿就一劈，把女人馱在馬背上就跑。於是能逃的人都逃，不能逃的人，城裡的搬到城外，城外的搬到城裡，街上全是搬家的六根棍馬車。

左鄰右舍空得只賸我們一家。偏偏遇著年終決算，我的丈夫常要深夜回來。那天謠言最盛，他上班去，我在門口看見他就要拐彎了，心想快請他給我找個做伴的來，實在害怕。「大林！」我叫住他，但他停步問我什麼事的時候，我卻回答，「沒什麼，把你大衣領子週起來吧！」我怕說出害怕二字，那樣，獨自待在屋裡更會害怕了。

當然，我更加殷切地希望阿麗亞她們來。我是這麼珍惜她們這片刻的陪伴，以致當她們剛一脫下大氅，開始工作，我就悲傷著她們的即將離去了。這心情和我小時上學回家度假一樣，從到家第一天起，就翻著日曆，數著十天、九天、八天。我看她們動手升火，就計算著，該擦地板了，抹桌子了，現在，只賸椅子腿了！這時，我唯一的願望，是阿麗亞慢些給我烤衣服，唉，袖子馬上就要翻轉來了！

人寂寞得厲害，甚至希望風會把飛舞在空中的枯枝刮進屋來。阿麗亞那天晚上居然來看我，我眞高興極了。

「太太，你害怕不？」她問，我說不怎麼害怕。她又說，「哈薩克來，我保護你，因爲我也可以說是俄國人，他們只殺漢人。」

「傻孩子，你是俄國人嗎？」

「我媽媽是。」

「你爸爸呢？」

「他是中國人。」——「所以我可以是中國人，也可以是俄國人。」

「你媽準是俄國人嗎？這兒的俄國領事館知道你媽媽嗎？」

「太太，你問我這些，我弄不清，我只知道哈薩克不殺我們，我們可以把你藏起來。」

「孩子，我可是道地的中國人！我絕不能因爲哈薩克人來，就做俄國人哪，我的眼睛也沒有你那麼深那麼藍！」我說。接著，給她講了許多故事，解釋著她的爸爸是中國人，媽媽也是中國人，她媽媽雖在俄國生長，可是被本國人攆出來，永遠不能回去，已經歸化中國了，因爲中國收留了她，並且給她生活的道路，因此，「你也是中國人」，最後我這麼說。

她想了半天，用手捻著包頭上的穗子，堅決地問我：「那麼，我天天來陪你！」

在那些恐怖的夜裡。我們時刻擔心著一陣緊急的馬蹄，一聲番狗的嗥叫。陣陣北風，好像帶著哈薩克人麥酒的氣息，片片飛雪都閃著哈薩克刀斧的寒光。維吾爾人悠長的祈禱，也好像報告著：「哈薩克來了！」

阿麗亞陪伴的可貴，就在於她也跟我同樣害怕，因爲她不再想自己是俄國人了。遇著狂風暴雪的時候，我倆一同分辨著什麼是馬嘶，什麼是風吼；若遇著特別寂靜的夜晚，她也睜大眼睛和我一同傾聽那三十分鐘一次六根棍的鐵輪聲，五十分鐘一次遙遠的孩子的啼哭，和每分鐘無數次彼此的心跳。

阿麗亞的母親兩天沒來，說是病了，又過兩天，阿麗亞流著淚，叫我去她家一次，她媽媽託我一點事情。

顯然，她媽媽是病得沒有希望了。她交給我一捲花花綠綠的鈔票，「這是我二十年來偷偷攢起來的，可惜最近阿麗亞的爸爸有病，賺一個用一個。自從你們來，我就沒有攢了。我不認識中國字，你先生既在銀行做事，就請你給我秘密存起來。定期十年吧，到那時阿麗亞也大了！你知道她爸爸我不信任，他喝酒！」

我接過她的東西，第二天交給她一個大紅色的存摺。在她死去之前，她曾撫摸著那封皮說：「好像還有梅花的紋絡呢！」——「若是人情也能像這錢一樣存起來，太太，我一定有報答你的日子！」

時局平靜了，我也失去了阿麗亞，因爲她必須看顧她的弟妹，不久，我也回到北平。十年是個漫長的日子，故事的鎖鑰一直藏在我的心裡。等到北平淪入鐵幕之後，聽說有條英國輪船開香港，我丈夫興致勃勃趕到天津去買船票，卻垂頭喪氣的回來，說船票太貴，我們只能買一張票，最多兩張，可是孩子們就沒辦法了。

我從衣箱底下拿出一捲銀洋票跟他說：「去買我和孩子們的自由吧！」

「哪裡來的錢呢？」他驚奇地問。

「阿麗亞的！」

「你說什麼？阿麗亞的？是那個在迪化時的小二鑽子？」——「她的錢怎會在你手裡？」

「是我爲她而積存的，多年來，我爲這事而省吃儉用，否則我們恐怕連買一張船票的錢也不會有！」

他搖頭說不明白，這才我告訴他，迪化鬧哈薩克的那年，我曾騙了阿麗亞的母親，她託我存一筆款子，我卻將我的無用的存摺給了她。

「那麼你爲什麼欺騙她？」

「這不是我的錯，她不識字，交給我的，不是羌帖（俄國廢幣）就是作廢了的新疆老錢，而她是將死的人了！」

現在，感謝阿麗亞，我們都在自由的祖國了！反攻在即，我願跟隨著最前鋒，不是先回到故鄉，而是去看阿麗亞，代她存上一筆眞實的錢，使那存摺上虛僞的數字如期提現。多年磨難，善惡自知，阿麗亞必死心踏地做個快樂自由的中國人了，到那時，自然啦，她那大紅色存摺上，代表國家的梅花也將發出百倍的光輝。

——原著發表於一九五三年一月

迪城疑影

大約我和嘉德到達蘭州三天之後，我感到身體不適。我猜我的病有兩種可能：一種是由重慶出發，一路上遊山玩水，太過興奮勞累所致；一種是也許我有了孕，或者兩樣都兼而有之。不管怎樣，總沒什麼嚴重吧！如其只因有孕而病，反而是好消息，我們盼孩子，已經很久了。

我們揀個冬天裡的好天氣，到市郊西北醫院去檢查。那兒環境很優美，掛了號，我們在小河邊散步，其時水面已結冰，垂柳只剩枯枝，但我們似乎能完全領略到當春天來的時候，河水是怎樣的清澈，柳條是怎樣的青嫩，因爲我們的心頭正被幸福快樂所充滿，我們如其愛春天，便認爲一年都是春天，到處都有春天。

當我的鼻子在醫院的藥味中適應過來的時候，就輪到我的號碼了。

時間費了很久，我在心裡鄙夷那位醫生，連這麼容易的病都查不出來嗎？一切終於都查驗過了，他先是沒講什麼，只管洗手，這時候我才漸漸有些著慌，心想：「莫不是我將要難產嗎？還是有其他的嚴重病況呢？按照通常情形，醫生們對於病況簡單的人總是立刻宣布病情，最沉著的人也不過一邊洗手一邊說而已。

「先生，」他終於開口了，「您太太的病，我倒要和你商量商量。」醫生一隻手弄著聽診器的橡皮管子，側頭向嘉德說。

「怎麼，大夫，你的意思是說要把她的病挪到我身上來嗎？除了養孩子，什麼都辦得到！」嘉德嘻皮笑臉地說，不遇公務上有麻煩，他總是好說玩笑的。

「即使不能移到你身上，我恐怕你將和她忍受同等的痛苦。她生了瘤，需要做子宮切除手術。」

這才嘉德欠了欠身子，知道事態的嚴重性了。

「醫生，」他聲音連怕帶抖地說，「這倒要考慮考慮了，你能不能用藥治呢？她最能吃藥了，靜薇，你是不是？而且我們可以買最貴的藥，只要能——你知道，我們還沒有孩子，一個都沒有。」

「依我看，你只能放棄這個念頭了，好好保住你的妻子吧。」

「你確定她不是懷孕嗎？」

「當然！」醫生的這兩個字，像是在冷水中蘸過之後才說的。

「如果可能，我想等我們有個孩子之後，再做手術，你想，那瘤子會長得很快嗎？」他失望地說，「我們是要到新疆去的，聽說那兒容易生孩子，等我們有了孩子，再回來，頂多不過一年的時間，你能不能給她開點藥，只使那個瘤子不再長大？」

醫生不搭理嘉德的傻話，緊著搖頭，並示意讓護士叫進下一號。

其時我早已轉身，偷偷哭泣，這個打擊對於我多麼大啊！無異是一紙宣判我們婚姻無效的判決書！淚眼模糊中，我看見那些刀剪鉗鑷，彷彿感到它們冰冷銳利的鋒刃，直刺心底。

同時，有一樁久埋記憶中的往事，映現腦際。大概在我八九歲的時候，我的姑母被夫家休回來，一手提著大包小包，一手拿手帕抹眼淚，嘴裡說：「因爲，因爲我三年沒生孩子！」當時正是冬天，快過年了，我便立刻去投小同伴們玩這種新遊戲，如果誰輪到做主角，便裝著哭哭啼啼的，一手拿著髒手帕包石頭子兒，當包袱，一隻手另拿一條更髒的手帕，揩眼睛，說著：「因爲我不能生孩子！」這遊戲維持很久，一直玩到過了正月十五。

可是現在，隔了二十幾年，同樣的命運，眞的降臨我頭上來了，即使嘉德不休我，我那份想哭訴的悲痛心情，都三倍於我姑媽的。因爲我們相愛，而她們並不。

想起和嘉德相處，眞是十分幸福，他眞誠、坦率，從我認識他起，他就使我覺得我是他幸福愉快的主因，也使我體味出一種前所未有的自信。有時我曾想，假使當初我在老家沒碰見他，一定會在別處和他相遇，可能在火車上，或者在什麼學生們的聚會裡，那是他常常活動的地方。

「好啦，大夫，我們決定做手術了，我要我的妻子，遠勝一切，至於孩子，以後再說，也許我不再想孩子了，也許我們另外想法子弄一個。這事決定了，你看我們什麼時候入院合適呢？」

「嘉德！」

「別哭了，你再哭我就不能支持了！」他拍拍我的肩頭說，「這兒醫院的氣味很好聞，不必害怕，你倒抽一口氣，就容易憋住眼淚了。」

他仍如以往那麼親切關愛，但我懷疑這種情感對我能再維持多久，只在半小時之前，我還是站在彩虹上的，現在我將跌到地上了，一個殘缺不全的人，能夠繼續做他的妻子嗎？為什麼世上最美滿最親愛的關係，也最容易消失呢？

手術進行得順利，二星期後，我出了院。雖然身體上的瘤腫割掉了，心理上卻生了另一個。我完全失去了自信，而且時時狐疑。如果他應酬晚了，我便以為他去找女人了，我咀嚼他每句話的絃外之音，偵察他每一分鐘的行動。在起初，我感到自己再不配他而傷心，可是過了些日子，我認為如其他愛我，如其他還有眞情的話，便該加倍愛護我，體貼我，和我一同接受打擊，那就是說，我哭，他也應哭，我在家裡，他也不應出外。可是他沒有辦到這點，爲了職務上的關係，他不久就單獨去了迪化，留我在蘭州調養，繼續服藥。醫生說，非到完全康復，不能去新疆，那兒醫藥缺乏。

差不多一年工夫，我的身體，未能復原，終日不離藥物。這段孤獨的日子，澈底改變了我的性格，我變得消極無歡，心中充滿了對於苦痛的復仇之念。嘉德不會再愛我了，但我也不許他再愛別的人，如其他有了不是我生的孩子，我是死也不能忍受的！失去了他，活著還有什麼意義呢？

「至於孩子，我們想法子弄一個……」

這話不是他在醫院說的嗎？他究竟打的什麼主意呢？當然是另外找個女人啦！

那是第二年新年前幾天的事。一位在迪化機場做事的朋友，親駕飛機到了蘭州，他見了我，就說：

「怎麼，你倒是沉得住氣呀。你不怕嘉德搞上個混血姑娘嗎？」

我沉聲不響，端給他一杯茶，看他再說什麼。那時眞使我爲難極了，如果我表示很急切知道詳情，他一定隱瞞；如果我裝得無動於中，又是辦不到的，一年來我時刻擔心的便是這件事。

「嘉德不像你那麼不正經。」我說。

「你當眞相信你所說的話嗎？越老實的人見了女人越是不正經的。我見嘉德宿舍裡，有個女工，叫做麗沙，別提多漂亮了，是個混血兒，不過一多半像外國人，雪白的皮膚，長長的眼毛……怎麼的，著急了吧，我一星期後就回去，要是你沉不住氣，我就帶你去！」

那一星期一直微雪連綿，鑼鼓聲飄盪在北風裡，確實有將過新年的氣氛。使我不禁傷懷過去那許多和嘉德一起度過的新年。現在他一定準備同那美麗的麗莎過年了，我的潛意識中恍惚出現了她的倩影，穿著一件豹皮大衣，正預備出門購物。

「嘉德，你給我買的這件大衣眞合適。」她高興地說：「不過，再有幾天我生了孩子，穿起來會更好看。」

「你想那孩子會像誰？」嘉德笑迷迷地說。

「當然像你啦，你是內地來的人，最英俊的。」

「你是新疆姑娘裡最美的。」

「你還想你那位不能生孩子的太太嗎？」

「她嗎？恐怕不能復原了！我不想。」

「我眞怕，如果她突如其來，到了迪化，你怎辦？」

「放心，不會的，快去買東西吧，這個年我們要過得痛痛快快的！」

我事先不曾通知嘉德，我要突如其來，使他措手不及。我的行裝很簡單，只照醫生的話，帶些藥品，有消炎的，有止痛的，有安眠的，並且在幾天之內，我也學會了注射，這樣即使在飛機上有病，也不至張皇失措。

十二月三十一日下午兩點，我到達迪化機場。那時正是上班的時間，而且是銀行決算的忙日子。我打電話給嘉德，叫他接我。

「我太忙，」他在電話裡說：「而且——你可不可以隨便搭誰的車子進城？」

「不，嘉德，我身體不好，頭暈。我又不認識地方。」

等了足足兩個鐘頭，他才來，我想他去爲麗莎先做必要的安排了。

「眞沒想到！你來了，靜薇！」嘉德的臉色蒼白，神不由主地說了幾句簡單的話。身上緊緊裹著皮大衣，彷彿裹著他一身的秘密。他並未如應該的那麼熱烈歡迎我，只是盯著我看，好像不認識我的樣子。其時，我也正注視他，分別一年多了，想等他對我說些使我感到安心的話。

「你的行李呢？我們得趕快，我沒有太多的時間。」他的眼光蘊藏無限慌亂不安。

「嘉德！」我一把拉住他，要我說什麼呢？

進城之後，看見一路上都有孩子們在滑雪，嘉德和我都對之發生濃厚興趣，我不知如果其中有個孩子是他的，我還敢看他們一眼嗎？

在一條街道的拐角，再轉進一條被白楊樹掩映著的小巷，烏魯木齊河面的冰，在冬日的夕陽下，閃閃發光。一座寬敞寬適的屋子，靜靜地空虛地等待著我。屋前的院落裡積滿了雪。

我如同一頭獵犬，走進爐火熊熊的會客室。想立刻發現我的目的物——麗莎，可是沒有，眼前只有一張十分舒適的靠椅，其實，它舒適與否，我眞不在乎。

嘉德脫掉大衣撥撥火，然後走近我，他仍如一年以前那麼黑黑的，英俊健壯，穿一件藍色的皮袍子。他伸出兩臂，緊緊地擁抱我，我仰首上望——

似乎有什麼不對勁。

在他肩後，牆壁上有幅香妃的畫像，她的目光正盯盯地看著我，我感到憤怒而激動，我們再也不能單獨在一起了，我們之間，存在著另外的眼睛，也許是麗莎的，也許是別人的。

他問：「怎麼啦？」

「沒——什麼？」我低低地說，「窗外有人嗎？我是說你的佣人會不會……」

「不，不會，哪有什麼鬼佣人，這兒只有擦地洗衣的，她每天早晨來。」

我們說著，同時放眼窗外，那時夕陽正紅，塞外很少有這般的好天氣，這太陽倒像特爲我們祝福而留連不去。

「這是鑰匙，你來了，它們就有用了，我用不慣。你到東邊臥室休息去，眞對不起，我要很晚很晚才回來，大概要到半夜，等會兒我派人送飯來，小心別在火旁烤腳，那容易生凍瘡。」

嘉德提起我的小旅行袋，要擺在靠牆的地方。

「什麼東西？瓶瓶盒盒的？」

「藥。」

「你到這兒用不著啦，迪化的空氣是消了毒的。經常是零下七八度。」

誰管你天氣多少度呢？沒人和你扯這些，你的秘密就快被我揭穿了，別故做鎭靜了。我心裡這麼暗忖著。

他走後，天色漸漸暗下來，稀薄的雲，浮在高空，陽光微弱，彷彿將有太陽昇起的早晨。

那棟房子是凵字形的，中間的一排是客室，那兒我沒發現麗莎的痕跡，只有一爐火和香妃的畫像。現在我來到東邊這一排兩間的臥室。牆壁潔白，沒有客室溫暖，牆角壁縫間，還有細微的霜點，閃閃發光。衣履床鋪，都很整潔，沒有女人服侍是不會如此的，他把麗莎藏到哪兒去了？

打開抽屜，裡面很零亂，並沒有女人手帕髮夾之類；打開衣櫃，也沒有女人的衣服；我俯下身去，聞聞枕頭、髮梳，也絲毫沒有香水的味道，白俄女人和混血女郎們是愛擦香水的。這時我心裡竟不知道發現麗莎好呢？或是根本沒有其人好。

我提著鑰匙走向西房。這兒也有三間，當中一間是廚房，有座鋪著鐵板的灶台，爐門裡沒有火，北面一間是儲藏室，米缸是滿的，煤塊堆上撒著石灰，水缸一大一小，兩隻都結了冰。

——當然，他不急需我來，封封信囑我養病，有人和他在這兒成立了家庭！

南面一間，似乎是做飯廳用的，推推門，推不開，緊緊的鎖著，敲敲門，也無回聲，這裡面一定是麗莎無疑了，她一定在門後邊怕得發抖吧。這才我注意門外積雪上的腳印來，除了我自己的以外，還有幾行纖細的，新疆女人最愛穿的長統皮靴的印子。

「麗莎！」我壯著膽子喊。「麗莎！」

沒有回答。我倒有些戰兢兢了，如果她知道我來了，自殺在房裡怎麼辦？這麼大的院子，天又黑下來！

我試著用每個鑰匙，終於打開了門。

裡面的景象，幾乎使我血液和眼光一同凝住了。那兒竟有個小小的嬰兒，包得緊緊的，躺在小床上。旁邊擺著尿布、奶瓶，爐上的水，由壺嘴裡噴出氣來。

這就是了！他居然和麗莎生出小孩來了！怪不得他看見我突如其來，顯得六神無主的樣子，嘉德！你這卑鄙的人！難道一切事情，我們都不能坦誠相見，說個明白嗎？我痛恨偷偷摸摸的人。你心不在焉的態度，已透露了你全部的秘密，你絕不會想到我是料事如神的！

「我們可以用其他方法弄個孩子！」當你說這話的時候，我簡直一絲一毫都沒想到你用的是這種方法！我不要這樣的孩子，我一分鐘都不能容忍他的存在。如你不能容忍我的缺陷，我也絕不讓你處處如意。

「莫不是弄錯了？他是眞的嬰兒嗎？他的母親呢？一定躲起來了！」我站在小床邊發呆，「當然是眞的，他在呼吸哩！不過他多像一個洋囡囡呀，長長的眼毛，白嫩的皮膚，紅紅的雙頰……」想到這兒，我感到有隻冷冰冰的手抓住我的心頭。

「嘉德！你過去對我的情愛，原來是如此的不值一顧！你所經常顯示的誠實、負責、忠厚，原來是如此的經不起考驗！」

眞的，這時，我眼前似乎出現了嘉德，他本是溫和地笑著，穿著華麗的外衣，突然他脫去那件外衣，露出他卑賤薄情的面目來，我的痛苦只有我自己知道，斷腸與心碎都不足以形容。

陡然間，那嬰兒劇烈地咳起來，我摸摸他，有很高的溫度，呼吸困難，而且已經進入昏迷狀態，這是個病孩子！這是他們藏藏躲躲的結果！他們沒有勇氣公然抱出去看醫生的！

對於這可憐的嬰兒，我不但毫無憐憫，而且澈骨地痛恨，因爲沒人憐憫我，我所忍受的無邊苦痛，在我離開嘉德前，要取得報償。

——如果我給他打一針致死的藥，比方說安眠藥之類，結果怎樣呢？他們，這兩個罪孽的人，嘉德和麗莎，一定以爲是病死的，也一定藉此悔悟他們的行爲，我有現成的藥呀！

我匆匆走到客廳，檢出一個小瓶來，我記得那小瓶東西，治療失眠，效力很強，醫生曾囑我小心使用。我顫抖著，給那嬰兒注射了一針。大冬天，我的額角冒出汗珠，我擦了擦，開門出去。

現在我已經做了殺人的事了，奇怪，殺人是很容易的，我想比偷東西容易，我從小長大，沒偷過任何東西，而今卻殺了人，那不過是幾分鐘的事。

我穿起大衣跑到街上，其時，燈已經亮了一小時了，街頭瀰漫著羊肉的味道，我打電話給飛機場的那個朋友：

「喂，你還去蘭州嗎？」

「最近不去，誰要走？」

「我。」

「怎麼這樣來去匆匆？難道你和嘉德搞翻了？他眞有了混血姑娘？」

「……不知道，我要走，就是我要走。」

「有位朋友包了飛機運東西，明天起飛，他叫劉兢時，住西大樓，你去找他面談，就說是我介紹的……可是，我眞不明白，你今天才到呀！」

天已開始下雪，雪花片片飄在我的臉上，滿街都是忙年的人，想不到這個塞外城市，慶祝新年也是敲鑼打鼓的。原來我給那嬰兒注射時，覺得一陣報復的輕鬆，可是當我徘徊街頭，那灰暗的天，似像沉沉地壓在我心上，不錯，我是報復了，但我已是殘缺之外又兼罪惡多端的人了，同時最使人覺得無可挽回的，我將從此完全失去了嘉德，永遠得不到諒解。

不知我徘徊多少時候，大概一定很久了，我對於迪化卻毫無印象，因我對之即使一瞥也無心。我向許多人打聽西大樓的地址，有人搖首不知，有人言語不通。最後我才發現商業銀行門口有一位穿軍裝的人。門燈照耀如畫。

「請問，西大樓在什麼地方？」

還沒待他答話，對面跑來一個男子。

「怎麼搞的，你跑到這兒來了？靜薇！」嘉德上氣不接下氣地喊我，同時緊拉我的雙手。

——莫非他發現了嗎？這時我眞但願未曾做過那件事了！他看來多可愛。

「買點東西。」我說。

「派人送飯給你，找不到人，急死我了。」他忙不迭地說，「你問西大樓幹什麼，小傻子，我不是住西大樓呀，快回去吧，今夜有人請我們跳舞，另有一個好消息告訴你，下午錯了一筆賬，我找出來了，所以我見了你，心裡也一逕在發愁，現在好了！一位同事代我做其餘的工作，所以我早些回家陪你。」

「但是——，我——」

「有病嗎？一定是累的，或是一個人在屋子裡害怕吧。——還有，提起病來，我們那個洗衣人，麗莎來找我，她要謝謝你，她不在的時候，你給她照顧病孩子。並且問你給了他什麼藥，救他一條小命？那孩子退燒了。」

「我？救了一條小命？」我眞墜入五里霧中了。

「是呀，適才匆忙，我忘記告訴你了！麗莎說，——在孩子床邊她發現一隻藥針，一塊有香水的手帕，知道一定是你去過了。這可憐的婦人，她丈夫是木匠，失了業，有七個孩子，只靠她洗衣擦地爲生，最小的得了肺炎，怕傳染給其他的孩子們，便借了我們的一間屋子，隔離隔離，我看那孩子沒希望了，眞是久病成良醫，你究竟是怎麼給他治的？」

我闔上雙眼，只覺腳下天旋地轉的。

「你倦了嗎？」

「啊！是的，嘉德，是的，我倦極了，扶我回去，謝謝你！」我帶哭帶笑地說。

「謝我什麼呢？」他聲音迷惘不解。

「謝謝你給我的教訓，一定是你的純潔感動了上天。」

一個人的疑心成爲過去的時候，那麼以後的無論何事都不能比以前再壞了。所以我們立刻去小屋看那孩子，麗莎，一個四十多歲的白俄女人，在餵嬰兒開水。

「太太，這是你的吧！」她指一方手帕，說著就眼淚成串地掉下來，「你眞太好了，我不是難過才哭，我是不知道怎麼感激你，使我的孩子——」

我偷眼看著那隻藥瓶，謝謝天，原來慌忙中我拿錯了藥，給孩子注射的竟是盤尼西林。

現在爲了良心平安，很容易告訴麗莎，我曾意圖殺死她的孩子，但我怎能告訴嘉德呢？我爲什麼如此懷疑他呢？爲什麼我的心胸如此狹小、卑下、自私呢？如其我告訴了他，他將對我做何感想呢？

「太太，先生，」麗莎稍微平靜之後，又說，「我看這孩子和太太是有緣的，等他好了以後，你們肯收養他嗎？」

「當然，麗莎，我們最喜歡小孩子！」我咽聲地說。

終此一生，我再不對任何人起疑心，我將坦誠眞摯的與人相處，並將我所有的愛貢獻給麗莎的孩子。

——原著發表於一九五九年一月

寧為瓦碎

很久以前，我就希望有機會坐火車，到台北以外的地方去看看。但是因爲發覺自己希望得太急切了，反而躊躇起來。過去幾十年裡，凡爲我切望的事物，都在那將得未得的一瞬間，出了亂子，使我的心靈受到深深的創傷。有一次，我迫切地希望坐飛機離開新疆，多方交涉，都沒有成功，最後幸虧一位中學時代的朋友，他要親自駕機護送太太兒子由蘭州到新疆去，他答應回程的時候，可以帶我到蘭州，我高興極了，誰想到他們在飛行中途，到了酒泉附近，就撞了山，全家遇難了。

現在我希望坐火車，而且已經坐在觀光號舒適的座位上了。我的心非常不寧靜，想起了幾十年前的一件關於火車的事情。

在民國十二年左右，我的老家是個很小的村鎮。自我浪跡天涯以後，每逢想起它，腦子裡對它的印象，只是一片廣大平原上一個小小的黑點。小雖小，做生意的卻也有。有賣餑餑的，有貨郎兒，有做豆腐的。不過那做豆腐的每逢過節就殺豬賣肉；那貨郎兒有時給人焊洋鐵壺，因為他積攢了許多的錫紙。但大多數人都願意做一種有趣而賺錢的生意——開個小車店，套輛馬車，接送來往的行商旅客。因為我們玉屯是個咽喉之地，後面幾十里，是高粱豆子集散地的縣城，前面幾十里便是以造酒聞名的新營子，那兒就有火車通省城了。凡是在縣城與省城之間運糧買酒的人，都要在玉屯打尖歇腳。我當時八、九歲，聽大人們常常講起那已經有了火車的新營子，知道那兒到處是燒鍋（酒作坊），有官銀號，有戲園子，有飯館子，那彎彎曲曲的火車道，在晴天的時候，一閃一閃的發光。總之，新營子是個了不起的地方。孩子們玩耍的當兒，大家都爭著搶著要扮演「新營子人」，等那扮演公雞的咯咯一叫，他就打個哈欠說：「我起來啦！」然後大搖大擺地裝著上官銀號拿錢，然後去吃飯喝酒，然後上戲園子，最後就騎上「火車」的背，到省城去了。這就是玉屯人心目中的「新營子人」。村裡那最好的車把兒——趕車的人——鄭大海說：「新營子人，將來個個要遭天報。」因為那鄭大海除了會趕車之外，還會給辦喪事的人家紮些殉葬的紙活兒，童男童女啦，馬車大轎啦，所以嘴裡總好說天報天報的。他不贊成新營子人過的那種生活，認為火車把人都變壞了。

起初，村裡的人，多數也和鄭大海抱有相同的意見。認爲那麼重的一串車，只憑輪子滾，總有一天會闖禍。絕不如那些栗色馬、花馬，以及黑馬拉的車穩當可靠。所以村裡那條車道，就是大家的命脈。你聽吧！五更起，半空裡就是一片鞭子的抽嘯聲，非常的脆快，非常的悅耳，就彷彿在那灰濛濛清涼涼的蒼穹之下，倒掛著無數的小鞭炮，鞭梢子一抽一個響兒，一抽一個響兒。然後就有牲口的嘶叫聲，新車的車軸滯澀的軸聲，鈴鐺聲，不時地一聲呼喊，不時地幾陣喧笑。太陽一出來，你看吧！由鄭大海的車領頭兒，隔不遠一輛，隔不遠一輛，有三匹馬拉的，也有四匹馬拉的。這些車子，像大甲蟲兒似的由那綠毯子般的田邊，輾來軋去。村裡的黃狗、黑狗、花狗，一律把尾巴向上捲成個圈子，站在自家的門口，歡快地、不安地吠叫。彷彿牠們也都懂得趕車，羨慕趕車，極希望能一鞭在手似的。至於那些車把兒，眞是神氣活現，把長衫的大襟掖在寬腰帶上，帶上掛著旱菸袋，襟上的鈕子，從來不扣，把懷裡變爲一個大口袋，裝著銀洋兒、洋火兒、鞭梢兒，要是在回程，甚至能掏出一籠活蹦亂跳會叫的嘓嘓兒，唉，我那時當眞希望父親是個車把兒才好哩，那樣，我一定會有個鞭梢兒玩玩啦！

父親在省城做事，每逢回家，都在新營子下火車，買隻燻雞，然後坐鄭大海的馬車返玉屯。鄭車把專跑這一條路，來往在新營子、玉屯和縣城之間。他的車總是動身早、回來早，永遠在其他車輛的前頭。車身又寬，裡面也有鋪的，也有靠的，深藍色的布篷子，兩面都有小玻璃窗。那駕轅的馬是匹栗色的大馬，名叫山裡紅，又穩當又有力，卻總愛在跑著的時候方便方便，媽跟我說，以後我要是坐鄭大海的車，一看見山裡紅翹尾巴，就該知道些兒好歹，把臉見轉過去，眼睛盯著高粱地。我答應了，她卻從未叫我坐過鄭大海的車，眞是遺憾。

鄭大海三十多歲。由他爺爺起，代代做車把兒，也代代都是勤謹辛勞的好車把兒。他只想繼承父業，也不願賣豆腐，也不願賣針線，什麼樣的大利都動搖不了他的心。他想，只要辛勤，老天就會給飯吃。至於那些貪大利趕時興的人，早晚要遭天報的。

鄭大海的長興小店，生意不差，天天都住著三五位客人。店在村子最後，靠著河灣子。他的媳婦模樣兒長得很好，頭髮一逕梳得光溜溜的，逢人就問好。那些嫉妒鄭大海的，就說他的生意好，是好在她媳婦的臉蛋兒上。這話可氣壞了他，他認爲一切都是他勤勞的結果，慢說沒有媳婦不要緊，就是玉屯有一天通了火車，他也照樣有生意，他說：喝酒的人喝酒，坐馬車的坐馬車。

我想，他不過這麼說說，如果沒有媳婦，誰給他打燈籠卸馬呢？誰給客人們沏茶煮飯呢？至於說坐馬車的人坐馬車，也不怎麼對，我看，玉屯通了火車，我父親就要坐火車回家了，也就是說，全國的人要上玉屯，都要坐火車了。不過，倒有一個人，老想坐馬車，想得厲害，即使通了火車，也要坐馬車，那就是我。

因爲鄭大海是人堆裡的石頭，上天就來試驗他結實不結實了。一天，我父親從省城回來，一下鄭大海的車，手裡提著我的新皮鞋盒子，還沒來得及放下，就說：

「這恐怕是我最後一次坐你的車了，老鄭！新營子的火車要修到縣城去，咱們玉屯是中間的一站哩！」

「多偺呢？」鄭大海問，就像問戲班子什麼時候來那麼的微笑著。

「就要來修了，你把這牲口和車都賣了吧，到時候馬車沒生意，也好有本錢幹點別的！」

「我以前是趕車的，以後也不想改行。」他說。

「你怎麼這樣想呢？」

「有句老話，挪坑兒的樹不開花。」

如此切身的事，他像耳旁風似的理也不理，趕著車走了！

「爸，眞要通火車了？」我惴惴然地問。

「爸什麼時候撒過謊？」他說。

「那敢情好啦，」媽說，「我雖然好暈車，沒關係，這孩子以後上學，就可以坐火車啦！也比較叫人放心。」

「我才不呢！我要坐鄭大海的車，爸，您說馬車好還是火車好？」我說。

「當然火車好嘍！」

「我不信，我要兩樣都試試，才知道誰好。」

鐵路要修到玉屯，消息一傳到村子，大家都驚動起來。沒等火車來，就商量看怎麼改行了。因爲那是一定的，以後沒人要在玉屯打尖歇腳了，沒人在玉屯住店了，也沒人要坐玉屯的馬車上新營子了。我聽見大人們這樣說，心裡更是著急，整天想打動父母的心，讓我坐一回鄭大海的馬車，要是他眞的沒有生意，把車賣了，我該怎樣的失望啊！於是我總是帶著渴望的臉兒，問爸新營子的官銀號是誰開的？什麼樣的門臉兒？是銀子修的嗎？戲園子有多大，漏不漏雨？酒是把鐵鍋一燒就變出來的嗎？要不然怎麼叫燒鍋呢？我希望他們可憐可憐見，說，「傻孩子，什麼都沒見識過，明天帶你坐鄭大海的車去趟新營子就是啦！」可是他們倆誰都不鬆口，一到應該說這句話的時候，就張羅著吃桃子了，就張羅著找洋火了。

沒多久，村裡就來了大批的工人。他們抽著海盜牌的香菸，嘴裡還會唱：「當家的成年在鐵路上，拋下了奴家守空房，田裡的『豆楚子』（就是草原狗）拜月亮，奴家的眼淚一雙雙，咳呀呀，奴家的眼淚一雙雙！」

到處是鐵鍬、鐽子、犂，和無數無數的牲口，村子裡的馬也雇來了，車也雇來了，人也雇來了。平常我們叫做「草場子」那塊地方，原是很平，他們還要掘土、塡沙的，因此，籠罩在村子的上空，總有一團一團的塵土，風一吹，就到處地散開了。

車道上的馬車漸漸稀少下來。連牲口帶車租給鐵道上有很好的價錢。不過他們租不來鄭大海的山裡紅，也雇不來鄭大海這個人。他仍舊僕僕來往新營子與玉屯之間。修路以來，他的生意特別興隆了一陣子，家裡面還住著個監工的。他把鄭大海的房門換上了洋鎖，送給鄭大嫂粉紅色的洋襪子。

鄭大海並未因此而笑逐顏開，他的臉色變得陰沉了。不過心裡的堅冰卻未被擊破。他勸老伙伴們把牲口拉回來，不要幫著修鐵道，「總有一天，」他說，「火車要像條瘋驢似的出了鐵道，在村子裡亂闖！」

「老鄭！價錢不錯啊，你爲什麼死心眼兒呢？」他的朋友勸他改行。

「我死心眼兒？我從來是要吆喝牲口的，可不願人家把我當牲口吆喝呀！」

「我們玉屯的人，也該出去闖闖天下了，你爲什麼要做死水池裡的魚呢？」

「我？我要在我的家鄉！不管死水污水，我是在水裡，你們倒是跳到旱地去了，告訴你們，旱地上的魚都會死的。」

他這石頭是很硬的，朋友敲不碎他，於是人家都不去他的長興小店了，隨他自己泡在死水裡了。

接著鐵軌鋪上了，站台修得稜角分明的。往日的那些車把兒，有的做了紅帽子，有的做了小販，多數跟著鐵路往前去，抽起洋菸，唱起奴家的眼淚一雙雙了！在通車前幾天，站上兩頭，就豎起了白地黑字的木牌子，寫著「玉屯」兩個字。看看那木牌兒，村裡人都覺得玉屯從此要全國聞名了，一定上了什麼冊子了，也一定要出個做警察局長的人物了。

至於那和鐵道有時平行、有時遠離的大車道，慢慢兒只剩了一輛藍色的馬車，踽踽獨行。人們在清晨黃昏的朦朧之中，看見鄭大海載著客人，辛苦地奔波。那鞭梢兒抽在半空，依然像放小炮似的脆快，只是聽來非常寂寞。村裡的天空，彷彿換了另一個太陽，再也照不到綠毯子似的田旁，成行的大甲蟲兒了，再也照不到捲尾巴的狗了，再也聽不見此起彼落的鈴鐺聲了。

火車改變了玉屯，也改變了玉屯的人。只餘一個鄭大海，他仍是塊結實的石頭。只憑他辛勤的精神，單槍匹馬地和那龐大沉重的火車競爭。天還沒有亮，有人看見他車裡影影綽綽坐著旅客到新營子去，日已西下，也有人看見他車裡影影綽綽坐著旅客，由新營子回來，他總是比最早一班火車早到新營子，也比最後一班火車早回玉屯。

「老鄭，還是生意這麼好？」

「是呀，我說過坐馬車的人坐馬車。」

這時，如果他聽見火車在遠處長鳴，他就快馬加鞭弄出一連串威脅的鞭聲、咒罵聲，牲口們飛奔著，揚長而去。什麼人是坐馬車的人？什麼人在長興店歇腳？人們太忙著準備應付火車了，誰也不知道。

快到八月節的時候，我母親因爲懷孕，嘔吐得很厲害。這時突然接到父親一封信，他說要回來過節，同時他的職務調到了縣城，要把家眷搬到縣城去住，那兒房子不貴，生活也不高，免得來回奔波。至於母親平常就暈火車，這次身體又不適，搬家只好坐鄭大海的車了。

這消息使我非常的興奮，夜裡睡覺，不住地向自己說，我要坐馬車了，我要坐馬車了。第二天一清早，無論如何，我也按捺不住心頭的快樂，悄悄地爬起來，想截住鄭大海的車，報告他這重大的消息。

外面正在下雨，又黑又冷。我站在豆腐房的簷下等他。豆腐房裡熱氣騰騰，誰也想不到簷下有個淋雨的小人兒。天空漆黑漆黑，彷彿覺得滴下的雨珠，都是墨水點似的。豆腐房後面，有棵楊樹，雨點打在楊樹拳頭大的葉子上，特別聽來雨大。這才雨裡響出了咕咚咕咚的馬車聲，接著就是鄭大海的鞭子，巴、巴、巴連著三響。這三響聽來一點兒不脆快了，一點兒不悅耳了，我想大概是因爲下雨的關係。一會兒，馬蹄踏著雨水，得得而來，我衝出房簷，大聲地喊：「喂！鄭大叔！鄭大叔！」這喊聲在我心裡很大，想不到在雨空中卻是很小。我喊了好幾聲，他才聽見，馬兒的腳步慢下來，從豆腐店透出的燈光中，我看見他掉轉頭，像個啞吧似的，只朝我揚了揚鞭子，指指天，又指指前面，好像說下雨天他要快些趕路。然後又揚揚鞭子叫我回家。

他爲什麼不理我？難道他一點都不顧念我是站在雨裡和他講話嗎？天黑與說話又有什麼妨礙呢？

「鄭大叔，鄭大叔！再過兩天我們要坐你的車搬家了！可別忘了啊！」他又揚揚鞭子。沒理我。

「你要早些回來啊，回來要好好餵餵山裡紅啊！」我又喊。不過聲音之中，有點哽咽了。我爲自己難過，也爲他難過。如此的雨，如此的黑，人家睡覺的時候，他卻要冒著大雨趕路！如果他是我的父親，爸眞的做了車把兒，我是無論如何心裡也不忍的啊！這就兩隻小手摀著臉嗚嗚地哭起來。豆腐房的人跑出來，讓我坐在灶旁。他們說：

「鄭大海的媳婦跟那個監工的跑了，這回他生意可做不成了。」

我不信，這個做豆腐的最好說東家媳婦跟人跑了，西家媳婦跟人逃了，因爲他自己太醜，娶不到媳婦。爐火溫暖了我，我想鄭大海剛才不說話，大概是他嘴裡長了瘡。

到了下午，雨還沒停。媽說：「今天下雨了，你穿上新皮鞋吧！」於是我們在四點鐘去車站接爸。我和媽站在濕淋淋的月台上，只聽見站裡是雨，站外也是雨。我們等了十分鐘，又等了二十分鐘，火車還不來，我眞是焦急，我想媽也是焦急的，因爲她頻頻地向我說：「不要焦急，火車在雨天也要慢慢走的！」

好不容易我們聽不見雨聲了，一聲尖銳的汽笛劃空而來，接著站裡有人出來，拿著紅綠色的小旗兒搖晃著，我們的腳下震動起來，那龐大的火車古冬古冬地進了站，車身過處，帶來一股強烈的夾雨風。這時我已清清楚楚注意到火車的司機，他穿著藍色的制服，高高的坐在椅子上，只像坐著等待吃飯那麼的安詳，也不抽旱菸，也不拿鞭子，只是微笑著，好像說：「看，我把你爸爸帶回來了。」

接到了爸，眞是快樂，但是不太快樂，我心裡想搖晃那紅色的小旗兒。

「爸，你看我的新皮鞋！」我伸著腳說。

「啊，很好，」爸說，「怎麼下雨天穿呢？」

「媽說的，今天下雨要穿皮鞋。」

媽知道了皮鞋並不是要下雨才穿的，感到很難為情，想不到爸卻說：

「媽說下雨穿，就該下雨穿。」然後爸爸放低了聲音說：「鄭大海的車定了沒有？」

媽說：「沒有定。今天晚上去定，他總要送我們的。」

「可是事情也怪，」爸說，「我在省城裡看見他媳婦和那監工的。」

媽睜大眼睛望著爸，「大概你看錯了。」

「誰知道！若是她眞的跑了，不跟鄭大海了，他就沒法子做生意了呀，他還是天天去新營子嗎？」

「去！還去！」我說，「今天早晨我還看見他的！」我含著眼淚說。

「那麼，等他今兒晚上回來，我們去看他，再做商量。」爸說。

沒有等到晚上，也沒心吃飯，我偷偷溜到了鄭大海的家。他家在河灣子，地方很偏僻。那時雨還沒停，一會兒大，一會兒小。一開始，我就跑，兩條辮子在腦後飄起來，小雨點、大雨點，都落進我的領子裡。腳下的地很滑，有時在人家的草堆上擦擦腳下的泥。我不時地向後看，看是否有人跟我，當我停止跑時，我可以聽見一滴一滴的小水珠由一輛空置著的車上，緩慢而有節奏的滴著。

鄭大海的門是由裡面閂著的。那是所泥磚造的小院落，上房三間，東房兩間。我用手敲門，並且喊：「鄭大嬸！鄭大嬸！」裡面沒有回應，我就爬上那低低的土牆，看見院裡堆著很多楊樹葉子。我這才跳下來，口裡再喊「鄭大嬸！鄭大嬸！」同時我打開了上房的門，裡面的炕都是空的，蓆子捲著，是空了很久沒人睡過的樣子。我心裡眞納悶，鄭大海不是天天都有客人嗎？這時雨又大起來，打在房頂上，弄出一種寂寞的聲音。於是我走到東房，口裡雖然仍叫鄭大嬸鄭大嬸的，心裡卻有點明白鄭大嬸眞的不在家了。我不停地叫，只爲的驅除無邊的恐懼而已。我打開了門，只看了一眼，便飛也似地衝到大門口，拔開門閂，拚命地往家跑，渾身不住簌簌的發抖，原來在灶邊靠牆那地方，鄭大海豎著兩個只有上身的紙紮的人兒！這是爲什麼呀，沒聽說村裡死了人呀！

我永遠也坐不著鄭大海的馬車了。晚班火車也沒有到玉屯，因爲火車在新營子開出以後七八里就出了岔子。

那天是鐵路工人發薪的日子。玉屯的幾個工人領到了工錢，在新營子喝了酒、吃了飯，在站上等著免費坐火車回家。眼看著火車就要來了，卻無意發現鄭大海的馬車經過站外，山裡紅跑著小步兒，由省城那個方向顛顛而來。他們的肚子飽了，口袋裡玲玲瑯瑯響著些銀洋兒，便拿鄭大海來尋開心。

「老鄭呀，我們在打賭呢，他們說你老婆跟監工的跑了，我說沒有，我們賭五角大洋！」

鄭大海沒說什麼，只是臉孔青青的。那人又說了：

「老鄭呀，我們又在打賭了，他們說你今天一定要比火車晚到玉屯了，我說不會，我們賭五十個大洋！老鄭，你以前盡在我們頭裡呀，這回可別落在我們後頭啊。」

「是啊，老鄭，落在後頭，就別怨老婆跟火車跑了！」

「跑啊，拚命地跑啊，趁火車還沒進站，你趕快跑啊！」

鄭大海沒吱聲，只是揚起鞭子巴巴巴三響，牲口們就飛奔起來。他似乎接受了這個挑戰。

等火車離開新營子，這些工人發現他們的玩笑開得太嚴重了。鄭大海趕著車子遙遙在前，傍著鐵路拚命地飛馳前進，他的臉流著汗，他的眼睛充滿了血絲。在這場注定必敗的競爭中，他已同時點燃了蠟燭的兩頭。失掉妻子已使他耗盡最後的驕傲，但他仍牢牢地握著鞭子，車輪輾過了的石子，像槍彈一般四外彈射，那種瘋狂的速度，就彷彿輪不著地的懸空而馳。他在盡最大的努力奮鬥著，不過，火車究竟是火車，已經快追上他了，但他突然以最後的力量扭轉馬頭，大叫一聲，

把車子正正當當地橫在鐵軌上。那時候只聽見滿車乘客的驚叫慘呼，火車出了軌，撞碎了鄭大海和他所有的一切，於是他永遠不要改行了，誰也不能說他落在火車後頭了。

他的死，並不寂寞，車裡面陪他遇難的，還有三個乘客——紙紮的人兒。

想到這裡，觀光號已到了台中。我的思緒仍翻覆不停。我坐上一輛三輪車，那車夫喋喋不休地在講述這個城市的進步：

「太太，您來得正好，時代大旅館今天剛開張。」他說。

「哦，再向前走，換一家吧，我不要住時代旅館。」我鬱鬱地說。

——原著發表於一九六〇年四月

哀樂小天地

有人說，憂愁是與生俱來的。但是偏偏就有人忘記把這個沉重的包袱帶到世上來。不論環境怎麼惡劣，世態怎麼冷酷，總能自得其樂，這樣的人是有福了，不過，要是有幸做了這種人的妻子，可不是什麼好玩的事情，因爲你得代他提著那個包袱，無論天堂地獄，都沒有存放憂愁的庫房。

我們由大雜院搬到這棟宿舍來，頭幾天就像有股歡樂的浪潮，淹沒了我們，心想，今天住在這兒，明天住在這兒，以後很久都住在這兒，感到平安而快樂。小文文很早很早就起床，拉開淡綠的窗帘，故意的拉到中途，再重頭拉起，聽著那些小輪子在鋼條上輕快地滑動著，似乎這樣才過癮。有時三個孩子都要這麼過過癮，便爭吵起來，然後一齊擠在窗口看「風景」。所謂風景，不過是兩棵大榕樹，一片小草地而已。晴朗的日子，太陽把它們變得亮一點兒；陰雨的時候，雨點就把它們澆得綠一點兒，委實平凡無奇。但他們沒有一天不爭著拉窗帘，也沒有一天不爭著看風景的。這也難怪，因爲我們以前從未買過窗帘，也從未有過自己的小天地。

經營這塊小天地，美化這塊小天地，是他們父子女四人最大的快樂。第一步是鋤草墊土，爸爸吳宗甫一由學校回來，便問，「我那條前後都有泥巴的褲子呢？」於是立刻換上褲子到院子裡去，三個孩子也扔下書包，一起興奮地工作起來。一時院子裡就吵吵嚷嚷，你追我趕，又是鬧又是笑，就像有隻小野馬闖進來那樣。孩子們每天都是清潔整齊地去上學，並無爸爸那樣特備的泥巴褲子，覺得不夠味兒，看我一眼瞧不到，便偷偷地把泥巴抹在褲子上，這樣他們也有了和爸爸一樣的東西，表示他們多麼的忙，又多麼的快活。每當爸爸扶著鋤頭喘口氣兒的時候，孩子們就逼著他講故事。

「等我擦擦眼鏡兒再講！」那意思就是說他要擦汗，而身上除了那塊擦眼鏡兒的絨布，他總是忘帶手帕的。

汗擦了，他說，「我講什麼呢？挑個短的吧。」

接著又自問自答地說，「我講個哺鴿的故事吧！以前，我在小學讀書的時候，有三個同學，他們是親兄弟，在家裡他們的排行是老七老八老九。有一天，老九在教室裡看見外面飛來了一隻鴿子，便大聲地喊：「七哥八哥，你看那哺鴿！」

「後來呢？」

「後來他們之中，一個當了兵，一個給人看病，一個當了戲子。」

「我們是說這故事後來怎麼樣了？」

「我有幾十年沒見過他們了，誰知道老九以後又說些什麼呢！」

「不來了，爸竟騙我們，這哪裡是個故事！」文文撅著嘴說，「什麼七哥八哥，你看那哺鴿兒！」

不知爲什麼，經她這麼一重複，其餘兩個也重覆地唸著，他們就忽然覺得那是一個很感人的故事了，似乎他們看見了爸的童年，而長大了的爸又是那麼慈愛，那麼笑容滿面地站在他們的眼前。

因爲是新搬的家，學校裡的同事們便總有人來看看，宗甫一聽見有人叫門，便得扔下鋤頭，匆匆跑進屋子去換褲子，情形是又狼狽又可笑。更可笑的是並非每次都眞有客人，常常是孩子們看見他們的爸正埋頭一心一意在工作，要來調劑一下，其中一個悄悄溜到門外去按鈴，他們的爸就會信以爲眞，等到發現那是孩子們的惡作劇時，在一片笑聲中，他還一本正經地說，「我當是老王呢！」於是孩子們更樂了。也許別人以爲這有點過於民主，無法無天，但宗甫不以爲忤，他也深知孩子尊敬他、愛他。在我們自己的小天地裡，玩笑不過火，也傷害不了別人，何必嚴加管束呢？做個教員，物質生活已經拮据異常，我們不免在感情方面奢侈一點兒了。

不管待遇怎樣的菲薄，宗甫熱愛他的工作，信仰他的工作。也就憑這點熱愛和信仰，給了自己生活的勇氣，也偶而給我們一家帶來溫暖和快樂。不過有時缺吃少穿時，看看宗甫自己寫的那個條幅「得天下英才而教育之一樂也」眞不知什麼滋味。樂在哪兒呢？別人的妻子長著兩隻手，不是爲了遊樂，就是爲了工作，而一個教員的妻子，必須用一隻手工作，一隻手來擦眼淚了。

宗甫不是裝腔作勢的人，他使所有愛他的人，不忍動搖他的信心。那就像你手裡有個雪白的球，不忍把它扔在染料裡一樣，雖然紅色的球更會賣到好價錢。

他不但自己信賴教育的神聖性，也希望別人多多以教育爲職志。

「李爲翰哪！你快畢業啦，決定了考什麼系嗎？我建議你考教育系，以你的才幹來說，將來辦教育再適合不過了。而且這種工作，趣味無窮，就像種花，你親眼看見有紅的，有白的，有香的，有豔的，多有意思？」

他經常仔細地保存著學生們送給他的小東西，要是有一天，他的學生在事業上有了成就，再來看他，他會找出那件小東西來，對他的得意弟子說，「你瞧，眞是一轉眼！」一隻壓扁了的蝴蝶，一個賀年卡，一個不能通電的木頭檯燈座兒，一個雕得嚇人的筆筒……這些東西擠滿了我們的壁櫥小櫃子，有時客人來，他就誠心誠意地讓人參觀，嘴裡還不住地說，「我應該定做一個有架子的大櫥櫃！」好像他還有更美妙更值得一看的東西沒處放呢！有一回，一個學生聽說我們家裡老鼠太多，做個老鼠夾子送來，宗甫逢人便誇這孩子有本事，就好像那學生獨力建造了一座原子反應爐似的。種花種累了，也常常會扯到那上去，他說：

「娟然！你看張維屏那孩子腦筋怎麼樣？」

「你是說做老鼠夾子的那個孩子嗎？不錯，第一天我們就打了一隻大耗子。」

「豈止不錯呢！簡直好極了。我猜他有一天準會發明一種機器，叫做種花機。」

「我相信，因爲現在有了播種機了，改裝改裝，照貓畫虎，當然有可能啦！」

「什麼？你說播種機？不是的！我所說的種花機是晚上擺在院子裡，清早起來，它把草拔好了，水澆好了，蟲子也集中在一塊燒死了，我們愛好種花的人，只要用眼睛這麼一看，就算完事了！」

「好倒是好，不過眞有這種機器，你也不願意用。」

「爲什麼呢？」

「如果連澆水都不必自己來，怎麼能產生泥巴褲子呢？」

他向我很歉然地開顏作笑，「我以後小心就是了。」

我也不是嫌他弄髒衣服，倒是心裡十分想給他弄套新衣服，鐵灰色的最好，而且他的皮鞋底子也破了。八月節就快來了，接著還有新年，可是在有限的薪俸裡，總也騰不出這筆錢來。因爲心裡著急，才把氣出在泥巴褲子上。

那些日子天氣很熱，他看我洗衣服洗得實在辛苦，就捨不得穿那件洗乾淨的「種花衣裳」。有一天，在孩子們的要求下，去附近看電影。看電影，他向來不記得明星的名字，也不注意片名什麼的。偏巧在那影院門口，遇見個賣蘭花的，他忽然對蘭花發生了興趣，心想養蘭花不必接近泥土，也弄不髒褲子，於是買完了票，便罄其所有，花了三十元買盆下等的蘭花。及至他買完，孩子們已等得不耐煩，匆匆地進了場。可是等到片子一開演，麻煩的事情就來啦！因爲貪圖那影院離家近，價錢便宜，再加上他相信那部叫「少女寶鑑」的片子，含有教育的意味，結果卻上了大當。內容完全描寫生男育女的過程，當時想帶孩子們出場已不可能，任令他們看下去，又覺太不適宜，便等電影演到緊要關頭，勒令三個孩子蹲下去。他們蹲是蹲了，可是一會兒老大的頭冒了上來，他就用手按下去，接著老二又冒上來了，又把老二按下去，接著老三又冒上來了，這樣按下葫蘆瓢起來，永無休止。又因爲他一手提著蘭花，只有一隻手可以管他們，結果一場電影看下來，累得他衣衫破皺，汗水淋漓。以後過了很久，大家還想起來就好笑。

不過那場電影也有收穫，促成他養蘭的決心。養蘭需要玻璃棚子，我們辦不到，他就在窗戶外面橫著支塊木板，把那盆蘭花吊在這塊板子下邊，由窗裡往外看，蘭花在簷下搖擺，綠油油的葉子，淡紫的花朵，風姿高雅而嬌美。爲了這盆「孤品」，宗甫參加了中國園藝學會、中華愛蘭社、台灣農業改良協會種種園藝組織，並且認眞地各處開會參觀。只有一次他沒去，那次是會員聚餐，須交餐費五十元。

事有湊巧，有一天聽說以前住我們這棟房子的那位同事，現在改行從政了，宦囊充裕，工餘之暇，養了很多蘭花。爲了向人討教，並且聊表對他讓房子的感謝之忱，他和我倆人便去拜訪了那位同事。那大概是八月節前兩天，滿街都是送禮的。那位同事姓蕭，在校時教英文，現在在一個管理商人的機關裡做事。一進人家的大門，就覺著有一股富貴氣，充滿了院落，及至參觀了人家的蘭花，更覺得自己是「小人國」來的人了。有一個二十席大的玻璃房子，裡面的蘭花，有掛著的，有垂著的，也有排在架上的，旁邊有個噴水的馬達，弄得整個棚子都飄著霧樣的水珠。宗甫很有研究的精神，請教主人怎樣澆水，怎樣移株，而我則因看見了盛開的拖鞋蘭，便很擔心地注意宗甫的鞋子。請想，他穿了鞋底漏洞的鞋子，來談那奢侈的養蘭經，是多麼的不配呢？

主人倒是非常客氣，參觀完了蘭花，堅邀到客廳裡去喝茶。坐下之後，談談學校的事情，蕭先生很露出一些「虧得我逃出那地獄」的神色。宗甫照例是不服這種說法，和人家展開了辯論，說得興起，把一隻腿放在另一隻腿上，腳還像打拍子似地一搖一搖，使對面主人能很清楚地看見他鞋底下的大洞。我說：

「宗甫，人家蕭先生該休息了吧！」說著並向他丟個眼色，示意他快把腳放平。可是他都毫不會意，又問：

「老蕭，你要午睡嗎？」

人家說，「不，不，坐坐，老朋友難得見面，多聊聊！」

宗甫也就毫不客氣地聊天，毫無顧忌地露著他的破鞋，露左腳不夠，還替換著把右腳也舉出來。

說著說著，佣人提了幾包禮物進來，並有一張名片，只見蕭先生從皮夾裡數出四十塊錢來，說，「給鄭經理派來的人。」然後向宗甫說：

「這個送禮的，你認識，你猜是誰？」

「我不知道。」

「你忘了？以前你班上有個叫鄭國樑的。平常品行最壞，他上我的英文課，偷看武俠小說，我罰他站，他不服氣，還罵了我一句難聽的話，我要求訓導處開除他，是你千方百計的維護著，只記了一小過，就是他呀。」

「啊？那孩子果眞出息了？我那兒還保存他一篇自白書呢！」

「他現在開了一間貿易行，另外還有些別的生意，最近要開西藥房，常來我這兒談些進出口的問題。」

「他身體怎麼樣？還是那樣瘦嗎？結婚了沒有？」

「身體倒不見胖，聽說已經有了三個孩子啦！你看時間多快！」

「三個孩子倒正好！」

「上次他來，記得還問起你，問你還在不在學校教書，他說要去看你哩！」回家的路上，宗甫的腳步非常輕鬆，神態也十分得意，好像他曾經到哪兒去洗了個溫泉澡似的。

「娟然！」他說，「有很多人以賺錢的多少而分職業的高下，你看，教書這行業賺錢不多，可是這工作多有意思！一個壞孩子，居然有了成就。」

「就算是有意思，你也說過上百次了！」

「以後鄭國樑那孩子來，你做個燉蹄膀給他吃，我記得他在週記裡曾寫過，為了爭著吃燉蹄膀，和他弟弟吵過架。」

「宗甫，我要說一句話，也許惹你生氣。」

「說吧。」

「如果我有請人吃燉蹄膀的錢，我就應該攢著，給你買雙鞋，免得你到別人家去丟人。」

「哎啊，娟然，這種小事何必看得如此嚴重？怪不得你坐在沙發上，像坐在針墊兒上似的，人家能看見我的腳底下嗎？」

「豈止看見？兩隻都看見了，眞叫我無地自容！」

「你們女人眞是小心眼兒，老蕭也不是沒過過窮日子，他怎能笑話我？你別擔心，以後我想辦法買雙鞋子就是了。」

「宗甫，我和孩子們可以過苦日子，但是你出門去總得像樣一點兒。不必要的錢別花了。」

我的意思是暗示他不必對蘭花那麼起勁，養蘭是有錢有閒人們的娛樂，如果他對養蘭進一步認眞起來，恐怕我們全家都要衣不蔽體了。

以後的一段日子，他沒再買蘭花，卻像是心裡有個秘密的計畫。他是身上從不帶錢的人，那些日子卻把零用錢一點一點地攢著，理髮本是兩星期一次，也改成四星期，這樣一月就能省下十元。給他買塊條子布做睡衣的錢，他也遲遲不買回來，每晚躺在床上，熄了燈，他轉向窗子，欣賞著月光下的蘭花葉子，我的眼睛就正好看見他那件條子睡衣，補了又補的肩頭，心中十分的酸楚，這時再看看那搖曳生姿的蘭葉，就好像院子裡飄著的不是風，而是月亮的嘆息。

於是舊曆年到了，因爲年終獎金停止的關係，非常的窘迫。孩子們把去年的壓歲錢提出來，每人做了條新褲子，還剩下一些，由他們自由支用。除夕那天，三個人聚在一起，開個小會議，計畫著怎麼過年，可是我們沒有過年的氣氛，也沒醃肉，也沒買鞭炮。到了除夕，宗甫又一反常態，好像滿懷心事似的。

我猜他是想買蘭花，點綴年景，或是計畫怎樣在經濟的原則下養蘭，還沒得出結論來。

孩子們猜想他攢著零用錢要買皮鞋，可是還攢得不夠，因而悶悶不樂。

吃過年夜飯，每家都是燈開如晝的，街上卻異常冷清，只聽見像炒米花似的鞭炮聲，也沒有賣東西的了，也沒有送禮的了。宗甫躺在床上，默默地聽收音機，我在整理他的櫃櫥，他說有一札學生寫的東西，他要翻翻。這時屋裡還留有晚飯的餘香，只聽見一隻沒扭緊的水管，在答答的滴水。孩子們很安靜。忽然一陣緊急的門鈴聲大作，接著就聽見小文文蹬蹬蹬的跑出去，嘴裡喊著「姐姐快來啊！」然後兩個人上氣不接下氣的，每人抱隻捆紮精美的禮品盒子跑進來，一路不停地嚷著：

「爸爸！爸爸有人送禮來啦！」

宗甫一聽說有人送禮，便關掉收音機，急急地坐起來，臉上的顏色，頓然開朗，並且在衣服裡悉悉索索摸著什麼。一面衝著文文問：

「是姓什麼的？」

「我沒問他，爸！」

「去問清楚，是不是鄭經理派來的？」

文文和她的姐姐帶著神秘的笑容又蹬蹬蹬跑出去，這時我打開房門，看見我們大孩子的影子在門外一晃一晃的。小文文很細聲地說：

「哥！爸問你是不是鄭經理派來的？」

「傻丫頭，就說是！」

「是啦！爸！是鄭經理派來的！」文文在院子裡向爸爸喊。

「快進來，爸有話和你講。」

文文進來，爸爸由皮夾裡很得意很滿足地數出四十塊錢來。

「去拿這個給鄭經理派來的人！」

「好！」

這「好」字還沒說完，文文的小腿已經跑到屋外，並且把錢交給哥哥，商量怎樣分贓去了。

孩子們和爸爸開玩笑，已經成爲習慣了，這壞習慣卻帶給我苦果。我萬萬沒有想到宗甫攢錢的目的是爲了這個，也萬萬沒有想到今晚他神情有異，也爲了這個。想起剛才他那豁然開朗的神色，想起他長著長頭髮的樣子，又體會他拿錢出來那種滿足快樂的心情，眞是用「滿腹辛酸」不能形容於萬一，因爲只要把那盒子一打開，便等於一盆冷水澆在他的頭上了。我知道裡面裝的不是石頭，便是零碎的木塊，或是枯樹枝什麼的。爲了有一個補救的時間，我採取了緊急措施——拉開電錶上的保險盒，全屋立刻陷於黑暗了。

「怎麼好好的，燈會壞了！」

「大概附近有人用電爐，燒斷了。」

我摸著黑兒把禮品盒提到屋裡去，用毯子蓋上它。

「我去看看，大過年的怎能沒有燈？孩子們呢？我要帶他們放鞭炮玩兒，沒燈也擋不了我們過年。」

於是外面立刻就像過年了。大門敞著，腳步凌亂，他們買了一掛鞭吊在榕樹下。

「去，」宗甫命令大孩子，「請媽媽來看我放鞭炮。」

大孩子進來，我正心緒不寧地坐在椅子上，總是想哭，又覺得沒什麼可哭的，所以眼淚只是在眼眶裡打轉。

「媽，屋子這麼黑，爸說請您去看放鞭炮。」

「你們玩吧！小心火。」

「媽，」孩子剛一轉身，又湊到我身邊說，「您是不是生氣了？」

「今天這個把戲是誰的主意？」

「我！」

「裡面裝的泥巴，還是石頭呢？」

「每樣都有一點兒。」

「你知道咱們的燈是眞的壞了嗎？」

「我不知道。」

「是我弄的，我不願你爸看見盒子裡是石頭和泥巴。因爲他一直都在希望是那個姓鄭的來看他。如果學生說要來看他，而很容易的忘記了，他會傷心的，他不快樂，我們大家也不快樂。」

「我們不是說姓鄭的派人送來的嗎？」

「姓鄭的是經理，他能送泥巴和石頭嗎？」

「媽，那裡面並不完全是泥巴和石頭，還有一雙皮鞋，是我們三個人的錢加起來買的，不過我們假裝給爸送禮，一盒太少，所以又配上點泥巴和石頭，當做年糕和罐頭，我們不是存心讓爸傷心的。」

我覺得喉頭哽咽著，摟過孩子親一親，希望不管他們將來長得多大，也得讓我這麼親親。我順手推上保險盒，屋裡比以前似乎更光亮，只是這麼一雙鞋已經夠了，雖然很少人以鞋子做爲年禮，但宗甫絕不會想到這些。他不在乎禮物的本身。

「你要好好囑咐妹妹們，不要揭穿。」

我和大孩子一齊去看宗甫放鞭炮，差點被一塊石頭絆倒，心想如果滿院都是年糕和罐頭倒也滿有趣的。

「宗甫，放完鞭炮，可以去看看鄭國樑送給你的鞋子。」

「鞋子？」他諤然地說，「鄭國樑送給我鞋子？」然後恍然大悟的樣子，「哎啊，娟然，你說得是，必是老蕭那天看見我的皮鞋底漏了，才告訴鄭國樑的！」孩子們個個忍著笑。

進屋子以後，他又向孩子宣布道，「告訴你們，以後到人家去，都要聽媽媽的話，不准把腿落著放，露出鞋底來！」

像幾個藏著笑聲的皮球，同時爆破了，震得爸爸放蘭花的板子微微響著。

——原著發表於一九六二年五月

綵衣

梁太太沈媛敞開嵌入牆中的四扇衣櫥，又拖出久未開啓的兩隻舊皮箱，翻出五顏六色，新新舊舊的衣服，散滿一床一地。此時急驟的春雨，掃把似的，正把黃昏堆在她的窗前。建國南北路高架橋上，汽車開著車燈，流星般來往奔馳。

「光陰似箭，日月如梭……這孩子作文怎麼篇篇都是光陰似箭，日月如梭開頭？」

「那不然呢？你叫她『飛飛飛，蝶兒飛，蝶兒飛』開頭怎的？」

幾十年來，看到某些情景，沈媛總像是聽見媽在隔壁房間用她那特有的甜蜜聲音故意跟爸鬥嘴；甚至還像看見媽帶著微笑，隨聲甩過去一件爸當天應穿的衣物，不是馬褂兒，就是帽子。在爸跟前，媽無論何事都護著孩子，並非激烈無知的護短，而是藉此博爸爸一笑。

沈媛拉上厚重的奶色窗帘，窗帘停止搖擺後，不放心地把當中對縫處用手重疊一下，確定從室外絕無可能看見屋內的活動了，才打開所有房間的燈，這開一朵花，那開一朵花似的。落地的穿衣鏡，浴室的整容鏡，衣櫥門上的裝飾鏡，用原裝進口的「穩潔」幾度擦拭。在屋子裡不管走到哪兒，都可以從各個角度看到自己。

她把衣服全都脫掉了，只留下胸罩、內褲。沈媛停一下，想了想，又穿上一件老人身材應該穿的束腹褲，這玩意兒，平常她是不穿的。

木偶戲就要上演似的。沈媛眼前出現一排各種年齡、各種表情、各種服裝的小人兒。所有的小人兒都是她自己，而觀衆只有一人——她的母親。不是上百歲的龍鍾老婦，絕不是，從來不是，而是比她自己現在年輕得多，風韻誘人的美婦人。

人一老，不知怎麼，不欲人知的事越來越多。老人最不喜歡的事，就是特別被人以「另一族」相待。老人不應這樣，老人不應那樣，逼得老人總要撒謊，秘密進行一些事情。就像林太太，明明自己愛時髦，千挑萬選買了一條上等皮製的長褲穿，逢人硬說是侄女兒買了穿太大，不要了，她看可惜才要來穿的，如果她自己有女兒，關於衣服的謊言怕是更多了。

至於沈媛呢？倒是個老瀟灑，不太在乎別人的看法，但有些事情仍不能瀟灑得坦然處之。比方說，她高齡已六十八歲，還是常常想母親，卻總是背著人想，偷著想，就像現在。不然，滿是皺紋的老臉，當著兒孫們的面，還滿眼抹淚的想媽，未免太那個了。

十幾年前，四個孩子一個接一個出國，這個家就像一個削了皮的蘋果，無色無光了。沈媛感覺這個蘋果從當中一刀切開，露出兩顆黑色老種子，沒事兒從這個空屋跳到那間空屋，淒涼之外，倒有個好處——可以獲得完全的隱私，沒人管，也沒人關心，尤其像現在，連梁老先生也不在家的時候。

梁老先生被林太太約了打麻將去，她用這個法子管束著林先生管了好幾十年。從前一打就是二十圈，現在幾個老頭子一天頂多打上八圈，不光是動作慢，當中不是這個吃藥就是那個上廁所，耽誤時間。還有人牌起的不好就打瞌睡，一睜眼就喊「碰！」這時吃了牌的，抓了牌的，都得順序退回去重來，你看有多費事！最妙的四個老頭子還常常起爭執，林太太就哄孩子般做仲裁人，大家也都聽她的，不聽她聽誰呢？四個人誰也不佩服誰的牌技、牌理、牌論。原本林太太就自認是天下第一賢妻，如此一來，竟像是眞的了。她從未生育，別人常嚇唬她說沒孩子的女人，先生最容易有外遇。於是她就用哄先生在家打麻將的法子，不讓先生有空餘的時間想別的，做別的。她家打麻將每周固定兩次，每次她都有禮貌地用她那改不了的鄉音先徵求牌搭子太太們的同意，等對方答應了，她就體恤地說：「我燒幾個好吃的小菜，給你先生補一補，看他乾巴的！」實際上你不能不答應，要是不放先生去打牌，她會到處廣播，把你說成是天地不容的惡婦。她有的是廣播資料，記性也好，她知道張太太在哪家髮廊找幾號做頭髮；李太太穿什麼牌子的內衣；王太太的鑽戒不過才一克拉零「一丁點兒」，切割太老式，值不了多少錢；黃太太喝多少錢一兩的茶葉；各家的孩子聯考得了多少分，考了幾次，分發到第幾志願。至於誰家太太好，常常給先生找牌打，誰家太太厲害，絕不許先生打牌，還有一張黑名單呢。

可是唯獨一件事她不知道，不知道六十八歲的沈媛在這下雨的黃昏，拉下窗帘，脫衣服，穿衣服，脫下一件再換一件地折騰個什麼勁兒。有時候某件衣服緊得實在穿不下，竟連胸罩內褲全褪下了，硬把年輕時的舊衣服給套上去，這是幹嘛？莫名其妙地折騰折騰也就罷了，爲什麼還自言自語，淚光閃閃，時而伏在一堆衣服上號啕大哭，時而嚶嚶啜泣呢？粗枝大葉的林太太別說想不到，就算她親眼見到，也不會明瞭，只能到處廣播梁太太得了神經病了。

沈媛把電話摘下來，下決心不聽任何電話。她現在要完完全全不被打擾。

從早上一想到梁先生下午要去打牌，心中就有無端感傷。電話一摘，又想起「光陰似箭，日月如梭」，差點兒就哭出來了。心想不過是孩童時期作文的開頭，又有什麼好難過的？也不知道從哪天起，沈媛就變得如此脆弱了。看見小樹抽出嫩芽，雨後小水窪裡一片藍天，都會悚然心驚。太空人回不了地球，她哭；回來了，她也哭。連體嬰出生，她哭；分割好了，她也哭。強盜殺人她哭；強盜被捕，戴起手銬腳鐐，她也哭。沈媛有時生氣自己爲什麼這樣容易落淚，以前她不是這樣的，至少孩子們離家以前，聽大陸來信說母親慘死以前不是這樣的，要是這樣，幾十年帶著四個孩子，風裡滾，浪裡翻的，印地安人似的滿身創傷，不是哭也哭死了，還能活到六十八歲嗎？

今天梁先生不在家吃晚飯，自己的「孤零餐」預備吃梁先生素不喜歡的炸醬麵。早晨買菜經過一間幼稚園，看見雕著甲蟲、蝴蝶的鐵門深鎖，院裡每天擁著一團笑聲的榕樹，掉下兩片葉子在牆外，這她就一邊走，一邊哽咽了，忍不住回家大哭一場。怎麼人一老，心就成了玻璃做的呢？風一吹都會痛。今天是母親節過後的星期天，不上課，幼稚園當然是空空的，傷感得好無道理。

沈媛把淚水模糊的眼轉到牆上的全家福照片。兩夫妻，四個兒女，雖看不清梁先生寫的字，但她記得那是一九六〇年照的，已經二十多年了。想著想著，眼淚越流越多。

——家裡此時若有你在，母親，你會用你特有的安慰人的天才，讓我笑個夠，然後使我破涕爲笑。但是母親，對不住，我連你的相片都沒有，想描繪你，形容你，越記不起你的容顏了。我指的是容顏細節，眉毛怎麼彎，眼珠怎麼黑，吃飯舉箸的樣子，縫衣紉針的神情，但我敢擔保，把全台灣、全世界的人集在一起，若其中有你，一下子我就會認出你來，但我永遠無此機會了。記得最清楚的，只有你說話的聲音，而聲音又是無法描繪的。

沈媛挑出一件紅色襯衣，黑色的絲絨長背心，對鏡一看，看見自己的眼光散放著一片孺慕之情。但自己的形體太不對了，臉黃頭髮薄，哪像母親的女兒？

她從浴室把化妝品通通搬到餐桌上，一時間感覺餐廳竟然像露西鮑兒專用的化粧間了，可以堂而皇之的大化一番了。抹了兩層粉底，一層粉，兩朵胭紅，最後豁出去了，額前薄薄地剪個劉海。

「媽，無論如何我也不可能跟當年穿紅衣黑背心時一樣了，我變老了，你還喜歡我嗎？」

那小女兒八九歲，一手舉著結滿紫色漿果的野草「天天兒」，一手抱著裝滿螞蚱的玻璃罐子，乘風似地跑，越過及踝的綠草地往家跑。她身上穿的是一套新衣，全縣只她一人是如此入時的打扮，紅小襖，黑緞子的長坎肩兒。可是玩這麼一趟，下襟已經扯開，露出白胖的小腿，會飛的兩條嫩藕般。女孩邊跑邊嗆著風，斷續地唱：「飛飛飛，蝶兒飛，蝶兒飛，好豔陽天，芳草地，粉花衣……」。

將近家門，煮螃蟹的香味撲鼻而來，灶上一鍋金紅，這才擔心起她的新衣來，出門時母親千叮萬囑不要弄破衣服的，自己如此不聽話，總不應該回來還吃好東西啊。小沈媛於是轉身又跑，想跑到隔壁去找胡老太太，請胡老太太把她的衣服給糊好。不會糊東西怎會姓糊呢？

想到這裡，沈媛微微笑了，接著眼圈兒又是一紅，她想到接下去的事。

她母親像是完全未發現已經扯破的新衣，只叫住她：「媛媛，剛野回來，又往哪兒去，快到胡老太太家，朝她家的大樹上喊你哥哥下來，回家吃螃蟹嘍！」

沈媛想，只要有母親在，不管闖下多大的禍，都會變得稀鬆平常，全世界只有你，母親，對我這樣。

「媽，你吃一顆這『天天兒』（一種漿果），甜著哪！」沈媛太小，並不太懂得感謝，但此時卻強烈地感覺到她應該把最寶貴的東西給媽。

「是很甜！你把針線盒給我拿來，我來縫縫你的坎肩兒，不快縫上，越扯越大拉。」媽給沈媛補衣服，沈媛在旁邊心想：「這『天天兒』算什麼，有朝一日，我會上醫巫閭山給你採仙人吃的『天天兒』。」

第二天作文課，沈媛努力不再用光陰似箭日月如梭開頭了，改成「人生於世」了。

此後她總是把螃蟹、新衣、漿果和母親連在一起想。十年以後，七七事變，隨著逃難人潮在天津大沽口海上小船中等英國太古公司輪船開青島，整整一天沒吃東西，晚上飢腸轆轆，空著肚子躺在艙板上，聽下面海水嘩嘩流動，望天上滿天星斗，什麼也不想，只想小時候撕破新衣吃螃蟹，吃『天天兒』那天的種種。人總是如此，多少年後，才恍然明白什麼是人間至福。

——母親，縱使你不說，我也知道，自我離家，你天天想我，每年漿果熟，螃蟹肥，你會加倍的想我。我在心裡也曾默許，要天天想你，懺悔我在家時種種的不聽話，連這樣的小事都沒辦到，不用說上什麼醫巫閭山摘「天天兒」了。我的默許很多，又有哪一件我認眞爲你做了？就因爲你是我母親，你會原諒我，我才可以疏忽！你在我心裡的位置，本在最前，後來一次一次被人往後擠，被丈夫擠到後邊去，被第一個孩子又擠到後邊去，接著第二個孩子，第三個……你永遠排在最後，而這把你排到最後位置的，不是別人，正是你最愛的我！在你心中排第一位的我！可是每當苦難來臨，當孩子考不上學校，當自己沒錢做手術，當丈夫跟別的女人有了瓜葛，最最無助的時候，卻一把把你揪到最前面，衝口而出的，是一聲椎心折肺的「媽！」

——你看，就是這件衣服，我穿給你看，深藍色金萬字的錦緞旗袍，我特意做了要去會見我在報上找到的義母。母親，對不起，那時我太需要一個母親了。

沈媛彎身把這件旗袍從腳往上拉。

——媽，花樣兒很別致，你一定喜歡。要是在當年，你又該盯著我看，說：這輩子就喜歡苗條的女孩兒！

——你現在大失所望了吧？你有點不喜歡我了吧？哪還看得出身材？六十多歲的老婦人，縱然苗條，也不似少女那種苗條了。況且這件衣服是八年前做的，雖然勉強還穿得下，卻箍得全身一條一條的橫紋，萬字花紋也箍扁了。

沈媛不服氣這樣難看，怎麼一下子就這樣老了？她坐下來，對鏡塗上口紅，描上雙眉，貼上假眼毛，戴上耳環。

——母親，我不是一逕這樣難看的。八年前眼皮還沒下垂得這麼厲害，偶爾打扮打扮，在燈光下，不大笑的話，眞還看不出太老。

——穿了這件衣服，我第一次去找我的義母。對不起，只因當時丈夫有了另一個女人，天塌下來似的，什麼也不想，天空，大地，一切，只想要一個母親。這是個什麼世界？六十多歲的男人，躺在床上對著你，肚子上兩道深溝，背著你，脖子上兩道深溝，居然有三十歲的女人「愛」他！失去我最後擁有的，眼淚哭乾了。

——見報上有徵求義女的廣告，我拿起電話應徵。對方問我的年紀，我勒著喉嚨說三十二。又問爲什麼要應徵，我說「寂寞」。雙方又說好做「空中義母女」吧，不必見面了，每月義女孝敬義母二千元，義母多大？才四十八！我有了義母，倒也在電話中跟她哭訴了幾回，對方也勸說幾回，說一切天定，什麼事都要想開。可是無論她怎麼講，我就是得不到絲毫安慰。母親，這位義母，或任何人都沒法代替你。

誰也沒有你那份把困難變爲容易的天才，誰也平復不了我的創傷。不過，我仍想看她一眼。

——穿上這件旗袍，心裡滿懷矛盾，既不想拆穿年齡的秘密，何必又特別做件衣服

「相親」呢？也不知是怎麼個打算，我沒有整體的打算，事情把我搞糊塗了，一切打算都是想到哪做到哪。

臉上薄施脂粉，坐上計程車，直奔敦化南路一個巷子，五月中，新種的路樹在安全島上，站著細細的枝幹，搖著淺綠的新葉，像極了一群穿了綠衣的非洲少女。

坐在車上就下了決定，按鈴以後，見義母模樣的人出來開門，故意請問是方太太嗎？對方姓卜，當然說不是，我就說聲對不起，找錯門牌了，轉身就走。

於是按了鈴。

「哪一位？」

竟然是熟悉得不能再熟悉的林太太的聲音。

不知哪來的滿身大汗，沈媛急急走過義母的大門，假裝按鈴的不是她。雖是急急地走，而且走過二十公尺了，沈媛確定林太太出來開門，並站在門口狐疑地在打量她的背影。這不是林太太的家，她究竟是什麼身分到卜家來？難道她也是一名義女？還是義母的幫手？

沈媛回到家腦中一片空白，代替一上午忙碌、愚蠢而又後悔心境的，是安全島上那群非洲少女。綠色的葉子引起一片綠色的回憶。沈媛在綠裡生，綠裡長，在當時失落的心境下，少女的綠使她有某種強烈的震撼，擾亂了她好幾天。

接近一個舊衣箱的箱底，沈媛翻出一件滾白色細邊的嫩綠色旗袍。「母親，我穿它給你看。」沈媛抖落那件衣服的樟腦味，急急從腳往上套，但卡在腰際，再也拉不上來了。「唉！究竟做了三十多年啦！還是台北第一次商展買的料子做的，目的就想有一天穿給你看。因爲你喜歡我穿綠色。」

——母親，你一定記得的，我的任何事你都記得。我十二歲那年剛到北平，你就給我買了一塊淺綠色印度綢，叫裁縫給我做一件長衫，又嫌單調，第二天特意去囑咐裁縫滾一道細白邊。穿上以後，你說：「像棵嫩蔥似的！」

在北平，沈家的親戚朋友少，衣服這麼漂亮，沒機會叫人看。有一天，沈媛穿上它，坐上洋車，一路按著喇叭，到東安市場亮相去了。逛了一圈，只在丹桂商場買了一本書，她感覺後面總有人互相耳語，指指點點，小沈媛想，大概他們也在說我像棵嫩蔥吧。逛完了，該回家了，到市場門口，「洋車！」這麼一叫，馬上竄出一名車夫，肩上搭一條雪白的毛巾，掛著一臉奇特的笑容，「來啦！您！」情形有點兒不對啊！怎麼別的車夫動也不動，不像平常那樣一起擁上來搶生意呢？沈媛一看那車夫，更覺蹊蹺，正是坐來的那輛車！

以後的事實在尷尬啊！五十多年後的今天，沈媛還臉紅呢，這種事一輩子只會發生一次吧。

在下午明亮的陽光下，那車夫指著雪白的車墊說，「您瞧！小姐！」

沈媛看了一眼，冏在當場了。坐墊正中央一塊指甲大的血跡。沈媛就像在衆人注視之下，踩到一條活魚，一陣轟頭轟腦的難爲情，這才很快地明白這是怎麼回事，究竟已十二歲，看見過別的大同學如此這般了。雙頰立刻灼熱，恨不得天地急速相合，把她夾死算了，怎麼偏偏在這個時候？

「你拉我回家解決去。」沈媛並不是很聰明的孩子，但所謂人急生智嘛！

用買來那本書墊著，又上了那輛洋車，哪是坐？半坐半蹲而已。車夫跑開有節奏的步伐，只見他雙肩聳起，肌肉像藏在衣服裡的石頭，心裡恨死了這樣的人。

心情跟來時完全不同了。車跑起來涼風一吹，沈媛心裡像是潮退之後，露出兩塊大石頭。第一塊，常聽人講，女孩兒家在外邊跟男人「有了事兒」，做父親的就丟給她一條繩子讓她自己了斷。「我父親會不會？給人弄髒墊子，算不算有了事兒？」第二塊，這脖子油黑油黑的車夫會不會因此要求父母把我「許配」給他？

到家門口跳下車，沈媛忐忑然一頭鑽進屏風後面藏起來，紅著臉，扭著頭髮，一切聽憑母親了。

意外地，外面沒有懇求，沒有爭吵。沈媛只聽見母親進房開箱子拿銀元，大概是好幾塊，因爲嘩啦啦響了幾聲。不一會兒，洋車橡皮喇叭咕咕呱呱，漸離漸遠，天大的事過去了。

「出來吧！我知道你在屏風後面呢！小孩兒還沒做夠，要做大人了。」小沈媛的母親是笑著說的。倒像沈媛做了一件超出她能力的好玩的事情。

——母親，你是安慰人的天才，你有這個魔法，世界上只有你對我這樣。

——因為心裡的石頭羽毛般落下，我曾默許，有朝一日，媽，我一定給你買一輛有橡皮喇叭的新洋車，就雇這個該死的車夫，天天拉著你跑遍北平城。

幾十年過去了，今天才想起我應許你的這輛車來。如今不要說洋車，我連汽車都可以給你買一輛，可是送給誰呢？

要哭就哭好了，反正屋裡沒有人，用不著裝假。沈媛對自己說。往鏡子裡一望，只見一張因流淚而皺紋更深的老臉，卡在腰際凋萎的白邊綠衣。

你？你？就是你嗎？曾被那樣愛過，那樣原諒過的，就是你嗎？

現在不早了吧？沈媛打開窗帘一隙。

這場雨下得很好。靜靜地下，稀落地下，落在屋側新闢小公園的樹上，新建高樓光骨頭般鷹架上。空中充滿濕濕的塵土味。高架橋上似箭如梭的汽車，匆匆趕向一個目的地般。這都市黃昏的雨，被霓虹燈光攪動的雨。

幾個放學的中學女生走過。兩三人擠在一把傘下，咯笑不絕。沈媛做了祖母，仍愛看苗條的女孩，即使在黃昏中，那苗條的青春，在她的心紘深處，也似觸動著同步的迴響。

對面某機關宿舍的門燈大亮，一位年輕的母親珍寶般抱著她的嬰兒出來。高在九樓的沈媛一眼就看出她的年輕，年輕是瞞不了人的，正如同年老。這年輕的母親叫住一輛濺水而來的計程車。車停穩了，她匆匆跑了兩步，打開車門，用一隻手輕輕覆著她的嬰兒頭部，讓她親愛的孩子，先她而平安地進入車裡，然後自己才拉起裙擺，關上車門，飛馳而去。

這普普通通的小舉動，天天見到的小舉動，每位母親都做的小舉動，竟然使化了濃粧，穿著那件緊捆的綠衣的沈媛熱淚盈眶。

——一天傍晚，也是這個時分吧，不，比這早一點，母親，你披著一件紫貂皮領的黑緞斗篷，帶我去聽戲。我當時不是八歲就是九歲，已經有了弟妹，但你只帶我一個人去！也是下雨，很小的毛毛雨，間雜著細小的雪花。北方開春的天氣，還相當冷。我緊挨著你站在門洞裡，等父親的馬車送我們到戲園子。一陣風把雨絲吹進門洞，你彎身爲我整理吹亂的頭髮。我的臉頰碰到你紫貂軟毛的感覺，眞是沒法形容。我仰起頭，只見毛領邊你的黑髮如水。此時我的小手不知何時竟然伸入你的斗篷裡，揪住你錢包繫帶上的一顆珠子，一直揪著，撫弄著，捻搓著，捨不得，也不願意放開。要是永遠能揪著這顆珠子該多好呢！

此時你簡單地說：「媛，牽著媽的手，車來了！」

——這時候，母親，你絕不知道，我心裡已默許，有朝一日，我要給你蓋一間私家戲園子，讓你天天牽著我的手去聽戲。

天花板上由這頭到那頭骨碌骨碌地有人在滾木球。時時刻刻這麼滾。那是十樓的小吉美在滾球。吉美是留美學生送回來給外婆帶的。外婆年老，除了陪外孫滾滾球，也沒什麼別的能耐了。有一回沈媛上去陪吉美滾球，看他外婆眼中淚光閃閃。她心裡在想什麼呢？想自己的母親嗎？吉美的母親想這位外婆嗎？她心裡可曾有過默許？可能有，大概也像我那樣，並不認眞，以爲日子還長吧。

——其實，母親，我對你的默許，並未忘卻。它們隱藏著、躲避著，只在我最無助、最痛苦、最孤單、最不健康時才顯現出來。橡皮喇叭洋車、私家戲院，未曾一樣兌現，連幾十年來寫作文，一提筆仍想那兩句老詞兒，光陰似箭，日月如梭，因爲我至今才明白它的含義！母親，我對你也有少許的回報，你知道嗎？在異國停留時，我曾把人家一整條「胡桃街」獻給你，我叫它「思母路」。那是圍繞一座超級市場的街道。當我感到絕望，感到無依，感到需要你的安慰，我就起個絕早，獨自繞那條街走上一圈又一圈，邊走邊呼喚母親。母親哪！清晨沒有人，我可以任眼淚流下兩腮。淚珠滴在路旁開小白花的七里香上，我也把整排七里香獻給你了，我叫它「思母樹」。此生第一次，想爲你做的立刻做了，但這不是可悲又可笑嗎？包括這場木偶戲的最後一幕。

——不要流淚了，要扮小孩兒，流淚太多，哪像小孩兒？

沈媛抹乾眼淚，重新抹了潤膚油粉底、香粉、胭脂、口紅，泥人兒似的。衣箱深處翻出來一件淺藍旗袍，黑色圓裙。旗袍下擺折回一大截，成了上衣。

——母親，那一年，快放暑假了，要表演跳舞歡送畢業同學，你就給我做了月白小褂黑綢裙，跟這一套顏色差不多，是從省城傳到外縣的流行學生裝。你一定記得比我清楚，我的頭髮豐厚而垂直，哪是現在這個模樣？人老了，不光是有皺紋，什麼都變了。我不願讓你看見我這個老樣子。

沈媛抓起難得一用的吹風機把頭髮儘量拉直。又找出一條緞帶兒，穿過一層頭髮，把上額勒緊，於是眼睛有些上挑了，皺紋有些兒消失了。

披上一條蝴蝶花紋的床單，當中用針縫在領子背後，兩手分別捏著床單兩角，張開試試，勉強像鳥兒翅膀。

——母親，當年我的兩個翅膀是你給我特意買來的。那是一塊鵝黃色的紗，我記得很清楚，手拿的那一角有幾個外國字，一定很貴吧。

沈媛要表演的兒童歌舞叫做「麻雀與小孩」。沒有同伴，她要表演麻雀與小孩兩個角色。

她對著穿衣鏡站好，屏住呼吸，等待心中幕啓。

小孩唱：「小麻雀呀，你的母親哪裡去了？」

麻雀唱：「我——的——母親打食去了，還不回頭，餓得眞難受。」

下面的歌詞忘了，已經六十年，誰還記得？於是又重頭唱。六十八歲的沈媛起初跳得還很陶醉，又是叉腰，又是展翅，又歪頭發問，又捂肚子做飢餓狀。

但跳著跳著，不禁悲從中來，你的母親哪裡去了？

已經六十八歲，還會有多少失落？還會有多少後悔的默許？

沈媛眞正下了決心。她找出分類電話簿，抓起電話，因太搶時間，香水打翻了，粉盒撒了，藍色地毯上雪片似的粉末。

「喂！美的花店嗎？請送兩打紅色康乃馨，我的地址是……沒有了？上星期是母親節？這個我知道！謝謝！」

「喂！麗的花店？請送兩打紅色康乃馨！我的地址是……剩下三支？好！有多少送多少，白的也可以！謝謝！」

「喂！美麗花店？請送……」

梁先生他們已打了四圈牌，仍在下雨，換座時，上廁所回來，見他的下家老李跟林太太要白開水吃藥，才想起自己忘記把糖尿病、高血壓的藥帶來了，打了好幾回電話想請沈媛送過去，電話一直打不通。到晚飯時間，林太太禮貌地打電話請沈媛過去吃飯也打不通。

難道出了什麼意外？八成兒是有了意外了。

梁先生倒不在意，以爲太太看電影或上卡拉ＯＫ去了。要自己回家取藥，可是牌搭子全聲色俱厲地不放他走，說太耽誤時間，於是林太太把老梁雙手按在椅子上，自告奮勇：「你打你的牌，我給你跑一趟吧，把鑰匙給我，你的藥擺在你們家浴室紅色小櫥裡，是不是？」

臨出門又說：「下回來，叫你太太把你該死的藥掛在脖子上，就萬無一失了。」

林太太無聲地開門進來。只見梁家客廳裡亂七八糟，滿屋子的康乃馨，紅的白的都有。怎麼？梁太太預備開花店了？及至進了臥室，一地的衣服。見沈媛泥人似的一臉化粧，牛小妹的打扮，頭上勒著帶子，藍衣黑裙，背上繫著蝴蝶床單，一半跪在地毯上，一半伏在床上，厚厚的香粉，兩行淚痕，還沒乾呢。

摸摸鼻息，她還活著，只是睡著了。牆角堆放一件她似曾見過的藍底萬字花紋的錦緞旗袍。

林太太轉身輕輕走出，連藥也忘拿了。

——原著發表於一九八八年三月

散文

我控訴

——《蓮漪表妹》代自序

《蓮漪表妹》是我的第一篇長篇小說，於民國四十一年一月由「文藝創作社」出版。（是否只出了這一版，不清楚。）出版前在《文藝創作》連載經年。很多人說它是抗戰小說，可是整個抗戰八年的時間，這本小說略而未寫，似乎沒有資格歸到這一類。又有人說它是反共小說，實際上它也不能算是，裡面共區事物僅佔了不到一半的篇幅，寫的也多是私情而少及國事。況且我一向不喜歡用這個「反」字，總覺得這個字眼兒聽起來有點扎耳朵，太政治化、運動化、口號化，透著「故意為難」、「作對兒」的意思，這些都不是當初我寫《蓮漪表妹》的出發點。我這個人，少無大志，長亦碌碌，全身上下沒有一個政治細胞，不但如此，對於政治這玩意兒，還有根深蒂固的免疫性，若是有一天全世界的人，每人都要移植一個政治器官，來打星際爭霸戰，我相信我必有極強烈的排斥作用，因而被丟到浩瀚的黑色外太空，遭到萬劫不復的惡果。此生從十一歲「九一八」事變開始，東播西遷，顛沛流離，爲的只是「逐自由而居」。念中學的時候，不管念的是教會學校也好，軍事管理的學校也好，一律我行我素，午後第一節課向來不聽講，把頭倒在書桌上呼呼大睡，有時候睡冷了，尚伸手做拉被狀，惹得全堂哄然，大學時代隨時的來去由之更不必說了。像我這樣的一塊料，是否夠資格「抗」什麼，「反」什麼，可想而知。

我寫《蓮漪表妹》的動機可說是十分簡單：一、抗戰前夕那一段學生生活，深烙我心。那些可愛的年輕的生命，滿懷沸騰的理想，若饑若渴地尋求報國的途徑，他們感動過我，也感染過我，不寫下來，怕是日久忘記了那份情懷。二、抗戰期間，我由重慶而新疆，勝利後，由新疆而北平，並遠走熱河，直至全國「解放」，看過多少不再年輕的生命，忍受理想破滅、身心摧殘的煎熬，他們犧牲過，他們追求過，他們應該擁有很多，到頭來卻只是一場空，萬丈豪情，化爲夢幻，這種刻骨銘心的痛苦，不記下來不甘心。

這本書出版以後，一般的批評還算不錯；可是沒多久也就隨風而逝，無影無蹤，大概在讀者心目中已被打入「混五類」了。（混蛋、混帳、混球、混湯、混水是也！）

匆匆過了三十多年，在這三十多年中，有幾位文壇名家先生女士，舊朋老友，對這本書似乎仍舊情難忘，在報紙雜誌上，時爾提上一筆，提得我心惶惶然，戚戚然。某日《純文學》主人林海音女士翩然戲謂：「你這表妹總是陰魂不散，何不叫她正式還陽？」跟我提起重新出版之議。不過我衡情度勢，覺得時機不對，「timing」抓不住，這隻球打出去，必遭封殺無疑，我們既是好朋友，實在不能看她血本無歸。試看，這三十多年間，國內國外的情況有多大的轉變，經濟繁榮，社會安定，變得使人忘記過去了，至少是不願提起了。而在這段時間出生的下一代，天生好命，被敵人趕盡殺絕，被自己人鬥爭流血，挨餓受凍的日子，一天沒有過過。抗戰的故事老了，反共的故事不時髦了，大家富裕得吃則只菜不飯，行則汽車摩托，穿則新衣滿櫥，爸爸、媽媽、祖父、祖母受的苦難不可能再發生了，創傷是不遺傳的！時代已然不同！現在講的是低盪、和解、化敵爲友、不記舊惡。跟過去的敵人握手言歡，還得面帶歉意，深深自責過去心胸太狹窄了。況且世界上一個最富的國家，已經在不知不覺間變成了咱們的第三故鄉，眞是無心插柳柳成蔭！對於祖先們經之營之的土地，血汗灌溉的土地，以及那裡的芸芸衆生，竟然成了事不關己的旁觀者！如果高興，或懷巨款，或挾學位，悠哉遊哉，到處玩玩（當然包括海峽彼岸），這樣不操心的日子何其安適？誰還介意八百年前的老賬？在這個節骨眼兒，要是把我那又有抗戰又有反共成分的「表妹」亮出來，豈不太不識大體了？所以遲遲沒做再版的打算。不但此也，甚至在某些場合，有時聽人提起此「妹」，還會使我面紅耳赤，恨不得有個地縫兒鑽進去，後悔當初千不該萬不該，不該如此糊塗，創造出這麼個勞什子的人物來。眞是一個負擔！負擔到竟然成爲罪人的地步。比方說，衆人聚會之中，衆目睽睽之下，有人介紹不才：「這是某某，婉君表妹（本國小說）的作者。」或：「這是某某，麗秋表姐（外國小說）的作者。」如此無端入我於掠美之罪，這當兒解釋不是，不解釋也不是，是個什麼滋味？

我不是長個嘴光說別人的，所謂旁觀者中，裡面也有我！我雖然不曾回歸認同（也許是沒有資格），但心態方面總有點被「潮流」沖滑了。任你三反五反，文革武革，你們搞去吧，反正隔著一個波浪滔滔的海峽，九成兒搞不到我頭上。至於那面的家人呢？既不是善霸惡霸，也沒人做過將軍大官，中國有十億人呢，心想輪班怕也輪不到他們頭上。於是就這麼睜眼閉眼，渾渾噩噩地過了一萬多個日子。

直到一九八〇年，那邊喊出了三通口號，這一通，好像在我耳邊響了一聲轟雷，把我通醒了，使我認清，我這旁觀者的態度錯了。原來我是地地道道的當事人。其他成千成萬的旁觀者，也是地地道道的當事人。我們所乘的，不是諾亞方舟，洪水所淹沒的不光是帶不走的鳥獸樹花，而是我們的親人骨肉。

一直想不到我這個沒有政治細胞，藉藉無名的老百姓，有什麼理由會帶給生活在「社會主義天堂」的家人無邊的苦難。我何其糊塗？我忘記自己寫《蓮漪表妹》的時候對共產黨的認識了。他們都是編故事的高手，他們能創造出形形色色可謂「千古絕唱」的罪名來批你、鬥你。我的家人獲罪的罪名竟然也是千古絕唱之一：「海外關係」，因爲他們有一個親人——我，是住在自由地區，而自由是大罪，株連九族的大罪！

這個罪名的結果是怎樣呢？

是四條人命、六個孤兒和全體文盲的姪輩！

我的父親終生爲人幕僚，文革期間因海外關係（聽說此關係如今又吃香了，何其出爾反爾？）被打爲右派，但他們知道這個罪名理由脆弱不能構成死罪，也激不起群衆的憤恨，於是給他栽個「僞省長」的贓，先抄了家，掛上僞省長某某的大牌子，在北平街頭遊行示衆，最悲哀的是人家編排他是僞省長，他就得承認自己是僞省長，不可能是僞省長的聽差或任何別的。在鬥爭大會上還得挖空心思「坦白」他在「省長」任內的惡行，好叫群衆有理由再毒打、再辱罵；毒打辱罵之不足，還要他親生的女兒上台去掌摑他，不打出鮮血就不被承認有「劃清界線」的誠意。然後又遣送回籍，到人民公社勞動，繼續接受鄉人的鬥爭，終致死在鬥爭大會上。我的母親多年半身不遂，也不能倖免，跟他一起被押回鄉，當時他們都已超過七十五歲，住在土炕一角，半張破蓆上。公社裡不勞動就沒飯吃，他們無力勞動，所以二人終日挨餓。我的哥哥勝利後做過短時期的縣長，隱居張家口，也被揪出來遣送回籍，批鬥處死，他死前唯一的要求是與老母相守一夜，母子二人就在那半張破炕蓆上哭到天明。可憐我的老母，她終生吃齋念佛，救人危困，她有什麼罪？竟連續遭受夫死子喪這樣的至痛至苦？不久她也去世了，而我的小甥女勇敢地由吉林遠道去料理後事，竟不准她收屍，除非她答應幹部們提出種種無恥的要求，幸好這個孩子機靈，沒叫他們得逞。這是個什麼樣的煉獄！至於我的寡嫂，這黑五類的眷屬，自然沒有工作，沒有配給，完全陷入絕境，於是丟下六個稚齡子女，懸樑自盡了。這六個孤兒最大的才十四歲，最小的才一歲，大的立刻嫁人，唯一的男孩當年只有十一歲，爲了養活兩個幼妹，隆冬時節，光著滿是凍瘡的腳，跪在地上，要求修馬路的工頭給他一份工作。可是一個黑幫子弟，誰敢給他工作？他就只有去撿、去偷，人到了這種地步，哪還有人的尊嚴可言？

手拿這樣一疊家信，數月之久，我不停地含淚責問自己，父親被打死的時候，我在幹什麼？坐在冷氣房間，欣賞武打電影，以別人的流血爲樂？母親挨餓的時候，我在幹什麼？挑肥揀瘦，不吃這個，不吃那個。哥哥被殺的時候，我在幹什麼？擁枕高臥，計畫當天如何消遣。而在全中國十億人受盡凌辱、百般折磨的時候，我在幹什麼？住二十坪的房子嫌空間太小，坐公共汽車嫌太擁擠，吃白米飯怕發胖，遊山玩水、飛來飛去嫌不自由。我！我！我！我這個沒有心肝的東西！

個人的遭遇，容或得不到幸運者的同情。人家說：「那是過去的事了，現在變好了……」（說這話的人當眞不心虛？）可是，「過去」也曾是「現在」，在那個（或那些個）現在，他們也曾信誓旦旦地應允過「信他的人都有福」，一朝他們掌權，大家都有好日子過，像這本書裡一位歪詩人所寫的「連老牛都有作息表」，結果又是怎樣呢？全世界的人都看到了，他們把人民的白骨做成一道新的長城！（套其國歌中「把我們的血肉築成我們心的長城」）這樣一個白森森的長城之國，形象太恐怖，太惡劣，不免令人望可卻步，日久天長，苦得滴溜轉，窮得叮噹響。他們一看大事不妙，於是又放下笑臉，現起那套已經玩得滾瓜爛熟又奇靈無比的「現在過去」的把戲來。嘴裡不停地唱：「往裡走，往裡攢，過去的痛苦啊靠邊兒站，現在的幸福啊滿眼前，中華民族哎大團圓哪咿啊嗨。」似這般慣於「打一巴掌給個甜棗吃」的戲法兒高桿，他給我們的甜棗，難道我們眞敢嚥下，「落實」我們的肚子？要是「一袋菸」的功夫，我們發現此甜棗乃催命符，上了大當，原來又是謊言一堆，再一次白骨盈野，到時候全世界的人也許都危在旦夕了，我們能向誰，又怎樣去控訴？

因此，我現在就提出控訴，爲我自己的冤屈提出控訴，以我的這本舊作——《蓮漪表妹》做爲我的訴狀。雖然這個狀子寫的不好，不及實情的萬分之一。如今我巴不得它夠資格稱爲抗戰的、反共的小說，也巴不得我有能力再多寫幾本抗戰的反共的小說了。

跟許多人一樣，我當然希望我的祖國早日脫離苦難，重整破碎，富強康樂。所以我並不懷恨，也不想報復。我控訴的目的，只想記下這一筆生死賬，因爲原諒是一回事，忘記是另一回事。如果忘記，同樣的苦難就會再度發生，發生在我們子孫的身上，我們萬萬不能容許它再來一次。

非常感謝純文學給我重出這本書。

重新出版的《蓮漪表妹》，有了一些改動，這些改動是根據各位名家（至今保有張道藩、王聿均、鄧禹平、謝峻漢、吳若等先生的書評）的指正和老友們的意見（王藍先生最爲熱心），以及自己的見解（作品擱了三十多年，作者自己可以做一個客觀的讀者了。）所做，結果可能還未達到理想，但我已盡力了。

（一）關於寫法：原來的安排是採第一人稱的寫法（這個寫法當時很流行）。先由表姐「我」來敘述她和表妹蓮漪共同生活的在校之日。表妹投共後，仍由表姐根據其手記「越俎代庖」寫表妹與男主角「解放」後的生活。這個辦法雖然前後似有統一性，但後段總有隔膜之嫌。所以這一次乾脆分成兩部，第一部仍由表姐寫表妹（原第一章至二十五章），變動極少。第二部（原第二十六章至四十三章）則以蓮漪手記原形出現，換句話說，讓蓮漪自己來寫她離校以後的重要經歷。如此一來，一本書就有了兩個「我」，好在「楔子」裡已經交代過，尚不致混淆。

（二）關於人物：在原著中榮世祺（曹瑞的表哥）並無多大作用，此次改爲表姐（卜碧琴）男友。作用也有了一點積極性。

第二部中，在小唐的性格上，顏色稍稍加深了一些。使這個總被人作弄、蠱惑的角色，經過了十四年的歷練後，終於做出一件完全自主的事情。

秀明這個政治系的女孩，坦白而爽直，嫉惡如仇，這種性格在那樣的社會必然是悲劇的下場，這一次把她做了明確的交代。

另外加了一個人物就是黃書記。他是一點催化劑，使蓮漪最後的下場以及老洪對蓮漪的所做所為，理由更為明顯。

（三）我寫這本書的時候，只是想盡力以小說的語言來寫出一本至少像是小說的小說。也是因為能力所限，並未刻意安排驚天動地的情節，文字稍稍偏重在人物心態方面。由於這個關係，讀者可能覺得「故事」太平淡，或是「細節」太多，這個缺點是風格性的，即使想改，怕是一時半時也改不了。

講到人物和事件，哪個是眞？哪個是假？我可以說，書中人物全部是「混合體」，無論外貌與性格都是根據好幾個眞人的外貌與性格而加以取捨混合而塑造的「假人」。尤以主要角色為然。我有一個共產黨朋友，當年他混在河南移到新疆的墾民群裡做工作。（因河南鬧旱災，政府大量移民至新疆開墾。）他到了迪化，就勾搭上一個女工要結婚，沒有錢，跟我們借，我們也沒有，有一天，他拿來一張購物證，憑這購物證可以到公營的土產公司（當時中央尚未接管）去買東西，上自貂皮大衣下至皮鞋襪子應有盡有，價錢比市上便宜一半還不止，而市上各貨奇缺，有錢也買不到。他說這購物證他沒用處，所以就給了我。我滿懷歡喜到土產公司買了一些布匹及應用各物，回來分了一些給他做爲酬勞，但他嫌不足，於是一次又一次索討，幾次之後，所有的東西就都歸他了。在他的心裡認爲那購物證既是他的，他就應該擁有憑此證而發生的結果。這是共產黨同志們的標準心態，我想在這本書裡我已經充分利用了。再有那個喜歡作詩的侯婉如，也是我的一個左傾友人的影子。那位朋友相當有文名。他也到了新疆，（新疆當年環境特殊，是各方工作人員施展抱負之理想地點。）在新疆日報上發表他的詩作，名爲〈美麗的烏魯木齊〉並立刻有一左傾音樂家給它譜曲。這首詩開頭兩句就是「美麗的烏魯木齊，烏魯木齊啊美麗」，接著也不過是四句左右的描寫，於是又以此兩句結尾。這樣的詩當時很叫我受不了，所以印象深刻。不過，話又說回來，共產黨的重視、提倡文藝和音樂對它的得勢卻有很大的幫助，不可否認他們也的確造就了許多出色的文藝家和音樂家，但像婉如那樣濫竽充數的也不少。

關鍵事件如學生運動，左傾份子被自己人謀殺，秘密集會，年輕人動不動就上陝北，京承路的拆路隊等等都是事實。（我們承德住家的小花池就是幾根枕木圍起來的。）

（四）七七事變以前，華北局面特殊，共產黨雖爲非法，但他們以各種名義活動，官方的力量似乎控制不了全局，造成左傾就是時髦，前進就是愛國的時尚。各學校一時之間非常混亂不安。這段時日是我們這一代都親身經歷過的，也就是《蓮漪表妹》第一部的背景。

我這次前前後後斷斷續續用了十個月的時間整理、修改這篇小說（人家好手早寫完兩本半還要多了）。我是一個懶人，若非有極大的力量驅使我心甘情願地吃這個苦，受這個罪，我是不會幹這件傻事的。這個力量就是感激之情，不做點吃力的事，就無法表達的感激之情。一是對生我、愛我、教我的父母的感激；二是對了解我、重視我、督促我的朋友們的感激。我的感激無涯無盡，我的筆極笨極拙，自知表現得不好，下次我會更努力。

一篇作品一旦白紙印了黑字，並且還要賣錢，讓人花時間去看，雖然構不成什麼「經國之大業，不朽之盛事」，卻至少成了一件嚴肅的事情，只有坦然地歡迎朋友們的指教。我說坦然，並非不在意（我實在是非常在意、尊重的），而是無愧於心，我已盡力了。

純文學出版社初版自序，一九八五年十月發表

不久以前

——校書有感

一日，燈下校對此書重印稿，全神貫注中，恍如置身街頭，似台北，又似當年北平。路遇一少女，穿陰丹士林布旗袍，躑躅張望，彷彿欲尋家。身貌酷似表妹蓮漪，便喜極大叫：「蓮漪！」她停步回頭，果然蓮漪。便尋一新開張咖啡館，相攜入座。蓮漪貌美如昔，但面色暗沉，眉頭輕蹙，似有重重心事。

「蓮漪！這些年可好？」

任何問題她都不答，只說：

「很久很久以前了！」

「不是很久以前，是不久以前！」我說。

她愕然視我。

難怪她視我愕然，超過半個世紀的分別，還說什麼不久以前。

我在思索怎樣回答。

她無語地逼視我。

逼得我俯視桌面。桌面淨鑑毛髮，不但看見自己的神情，還意外地發現此生不曾離身的「我的汽球——我的月亮」飄然在肩。頓覺思潮洶湧而來。提起此汽球來歷，乃幼小時，一次隨父親遊公園，臨去時，見月上柳梢，美麗非常，央求父親舉我上樹取月。父無奈，便向小販購一汽球給我，說：「這就是你的月亮！你一個人的月亮！」從此這個汽球便與我相互歸屬。它破滅以後，化爲一隱形存在。存在我手中，存在我心中，並隨環境、心情而改變其顏色，給我安慰，給我指引。

我高舉著這個汽球衝入成長。過程中以與青春相撞，與蓮漪相知最爲彩色繽紛。

此刻與蓮漪對坐，賈勇向對面牆上一幅駿馬圖旁的明鏡看去，我的汽球正飄動著淺藍，自己的神色也約略重現當年。

「很久很久以前了！」蓮漪又說。

「不是很久以前，是不久以前。不久以前這四個字就是今日重逢我送給你的禮物。其得來很不容易呢。是我這幾十年來看了無數本童話所悟。多謝它們的開場白『很久以前』，讀了它們，才讓我有所反思。仔細想想，哪有什麼事是眞正的很久以前？若把這句話引入人生過程，便透著一股不可追、不可尋、不可再、甚至不可信以爲眞的意思。如是一朵花，必已凋謝；如是一片雲，必已遠颺；如是一把青春，必已衰老，一切沒了希望。

「若做反面想，代之以不久以前，便呈現另一境界——不久以前我還年輕，不久以前我還健康，不久以前我還心中有愛，那麼現在何必宿命、蒼白、無助而沒了生活的勇氣呢？人生的珍寶，哪怕只剩下一點點如塵如沙，你仍然要知道疼惜，仍然要高舉著它往前走。蓮漪，活著就得找活著的動力，不管別人怎麼說。可不可以用不久以前，抵抗那很久以前，因而得到撫慰和希望？」

當我如此滔滔，見蓮漪的臉色由暗沉轉爲白皙，由白皙轉爲紅潤，由紅潤轉爲白裡透紅的健康，恰似當年模樣。

「很久很久以前了！」雖然她口中仍堅持，但我確知她的內心已經接受我的四字禮物。因她就是白蓮漪。

我倆相對，啜飲咖啡。

於是我們同時聽見了家鄉鳳仙花種莢的彈裂。

我們同時看見舉旗吶喊的可愛的年輕面孔。

我們同時踏著烽火漫天。

我們同時感受到父親塞在我們手裡的燒餅的熱。

我們同時外望，看見壁上的駿馬，飛馳而出，牠的美麗長鬃飄過窗外。

「很久很久以前了。」她說。這次卻面帶微笑。

此時，我親愛的汽球已歸落我懷。沒有我身體的溫暖，很難保持它的柔軟，不柔軟，如何充氣？日久若化爲鐵石，只能在我落淚時，鏗鏘以報吧。我不願如此。

我與蓮漪繼續對坐。無語。

蓮漪隱去，遺我以不久以前的當年時空。

時空隱去，化爲青春。

我與青春對坐。無語。

青春隱去，化爲這本書《蓮漪表妹》。

我與此書對坐。終夜。

感謝爾雅出版社主人柯青華先生，他給了我我與蓮漪重逢的機會。感謝他讓我期望一個清新的明日，我將舉著我的汽球，灌滿早晨的空氣。

爾雅出版社再版序，二〇〇一年四月發表

有情襪

在外邊漂泊幾十年，想家的夢也不知做過多少，但最感留戀幸福的夢，是夢見自己才七、八歲，冬天夜裡點著油燈，母親在油燈的微弱光線下，帶著微笑進屋來給我焐被（鋪被使暖）的情景。她把我紫色繭綢的棉被折成中式信封的樣子，看著我脫下毡鞋，上炕，從開口處慢慢把腿伸進去；又看著我脫下紫紅色花絲葛的棉袍兒，小皮坎肩兒，藍色織貢呢的紮腿棉褲，只剩下紅肚兜兒、白小褂兒跟舊絨褲穿在身上，這才鑽進被窩兒睡覺。脫下的衣服要順序地一件一件壓在被上。這樣，第二天早上順序地穿才方便，不至於穿上這件找那件的。

最後脫的是布襪子，把脫下的襪子交給媽，明天早上毡鞋裡就會有一雙乾淨的襪子，一個鞋窩裡一隻。

我很享受媽給我焐被的時刻，更享受她的眼光。我脫衣服的時候，她在旁邊一直盯著我看。我感覺到她喜歡我，眞是喜歡我。那眼光使我離開她以後，一想起來就流淚。做夢做到，都會哭醒。

等我鑽進被窩兒，她又給我在腳底下加上一條掉了毛的俄國毯子。「別把這壓腳兒的蹬掉。」每回都這麼說。

我們家睡的是火炕，火炕是沿窗砌的。要腳抵窗，頭朝外的睡。窗戶紙糊在窗戶外面，上面抹畫著桐油，防備存住雨雪，把窗戶弄濕，也防備狂風把窗戶「鼓」壞，窗戶縫兒雖然都用毛頭紙「溜」上了，風仍會絲絲地鑽進來。當中一塊方玻璃上遇氣結霜，所以腳那邊比較冷。

清楚記得有一天該脫襪子了，我卻坐在那兒掰手指頭，遲遲疑疑地：

「媽，今兒個我穿襪子睡行不行？」

「穿襪子睡？那怎麼行？又想攬賴，好上我們炕啊？」

「不是！」

「那是怎麼了？要是穿襪子睡啊，兩隻腳就覺著像毛褲腿兒小雞子（腿上有羽毛的雞）的腳了，不信你試試，彆扭著哪！」

「媽怎麼知道？」

「媽過門（結婚）那天就是穿襪子睡的呀，就那麼一天，可把我彆扭得什麼似的。」

「我也就一天。」

「一天也不好。要是穿襪子睡啊，就好蹬被。把被蹬開了，七早八早就把你凍醒。你忘啦？去年臘八那天，你就是蹬被著的涼，又發燒又打噴嚏的，還叫鍾仁請張喇嘛來治，那是蹬被蹬的，你忘啦？快脫下來！」

「這回一定不蹬被，蹬被爛眼邊兒！」

「學會起誓發願了？誰教你的？爛眼邊兒比發燒著涼還難治，要請廟上老和尚來給你扎針。」

「媽！廟上老和尚他就會種黃瓜，不會扎針，我知道。」

「那他可會給爛眼邊兒的小孩，找根細篾兒（高粱稈上的皮）把眼皮支起來，你願意啊？」

「我不蹬被，不就啥事沒有了？媽！」

「我可眞納悶兒！叫你脫個襪子這麼難！前兒個我還聽你跟南跨院的二妞說：『你呀，千萬別穿襪子睡覺，會像你媽一樣，兩隻腳二拇趾落在一塊兒，看她穿鞋有多難看！』這不是你說的？」

「前兒個？前兒個人家穿的是布襪子嘛！當然要說脫了睡覺好哇；今兒個人家穿的是

啥？是墨菊牌的洋襪子（即針織襪子）！你忘啦？看！」

說著，像抓住理了似的，嗚嗚地哭起來。

媽只好由我了，大概她認爲我是有理。

這墨菊牌洋襪子，到現在我對它還有特殊的感情。它是把我「現代化」的第一樣東西。五六十年以前，除了頭髮繩兒，腿帶兒，冬天穿的毡鞋以外，我混身上下所穿的，全是自己家做的。其中數家做的襪子穿著最不舒服。穿到腳跟部分，要使勁兒的蹬，才能提上來。小孩子使不上勁，一蹬，往往鬧個四腳朝天。

先是爸一個人穿洋襪子。媽以下全家人對他的襪子都另眼相待，單盆單洗不說，把牌子也牢記在心。這墨菊牌洋襪子的商標紙是黑白兩色，白底黑菊，非常醒目。我沒有穿洋襪子的資格，卻包下給爸的新襪子撕商標的權利，他穿新襪子要是忽略了我這一關，冬天，我就到雪地裡去站著；夏天，我就到太陽地裡去站著，吃飯也不進屋，給他們罪受！

撕下的商標我叫花花紙，當洋片兒（香菸畫片）攢著，每張上面都畫條小黑魚兒，做爲我的標記。同學裡誰跟我好，我就發給他一張，組群結黨，還挺管用的。

有一回爸到省城去，不知道怎麼豁出去了，竟然給全家老小通通買了墨菊牌的洋襪子，一買就是好幾打，有線的，有毛的，有蘇紗的，給媽的是肉色蘇紗「過膝的」，我聽成「坐席的」，坐席就是赴宴，穿特別長的襪子也是順理成章的事。

媽看著我睡下，把油燈捻小，踮著腳兒走出去，其實我根本沒睡，哪能就睡著？一早，把洋襪子穿到腳上那種舒服的感覺，到晚上還在周身循環著，那樣的貼腳，那樣的柔軟，跟布襪子比，腳上就像套了一層雲彩那麼輕便。在學校裡伸出腳給同學看，個個都要用手摸，都問貴不貴。

賣花生瓜子兒糖葫蘆的過去不大一會兒，聽見爸回來了。知道他馬上會進來看我，我就裝睡。

爸和媽先低低地說了幾句話，後來聲音大了，媽說：

「不要這樣，看給孩子瞧見！」

「不是睡了？」

「嗯，你身上好涼！」

「外頭乾冷乾冷，眞是年下了。」

「你都忙的啥？這早晚兒才回家？」

「那間刑房改住房，改好了，我去看看。」

「敢情忙的這個！在哪吃的飯？」

「教養工廠。跟他們大夥兒吃的。我叫教養工廠的人來裝玻璃。全是洋式窗戶，這間屋子成了衙門裡最好的一間屋子了，可還怕沒人敢住。先叫咱們鍾仁搬進去。」

「裡面死過人怎的?」

「橫(反正)是免不了,清朝時候就在那裡的。」

「聽說裡面擺著大槓子、夾棍、灌涼水兒的板凳什麼的,這些個都擱在哪兒啦?」

「擱在堂上了。」

「怎麼著?別人來暗的,你要來明的呀?」

「也不能叫犯人明鏡兒地知道我不動刑。再說——」

「反正是一打二嚇唬就好啦。犯人,犯人也是爹娘所養,父母的心肝寶貝兒呀。我總是想,爾後萬一咱們自家的人,自家的孩子犯到別人手裡,別人也能把咱們當人看……」

「看看!你想到哪國兒去啦?咱們不犯法,咱們的孩子第一樁事也得教他們不犯法,王法是一天天地進步,不會冤枉守法的人。」

「咱們祖上積了陰功,積了你的前程;咱們也得給後人積積陰功。法是法,情是情,能過去就過去。」

他們談的這些公事,我倒很樂意聽。我知道衙門裡那間刑房在哪兒,每回經過都繞道走,就怕有鬼從裡面伸出手來,把我抓進去。這會兒可好了,刑房取消了,家裡的聽差鍾仁還搬進去住了。

爸和媽又低聲說了一會兒話,我感覺到他們轉過屏風,掀開門帘進我屋來。我聞見爸的藍色庫緞皮袍子帶進來的一股冷風。斜瞇眼兒，藉著正好透過來光線偷瞧，瞧見爸今天穿的是古銅色墨菊牌毛襪子，禮服呢圓口皂鞋。那雙襪子是我撕下商標他才穿的，感到自己眞孝順。

他們倆都俯身看我。媽的呼吸甜甜的，軟軟的。她給我掖被。我喜歡她的金手鐲輕觸我臉頰那種涼涼的感覺。也喜歡聞爸的袖口混合著紙張、筆墨，冷風和馬褂黑緞子的味道，那是無可代替的爸爸味兒。

「你的手涼，別碰她。」媽輕聲說。

「摸摸頭髮，怕啥的？」

「也會醒。」

「小腳兒都蹬出來了。這孩子怎麼是穿襪子睡的？」

「她今兒個頭一天穿洋襪子，說啥也捨不得脫。說不蹬被、不蹬被，起誓發願的，可才睡著，就蹬被了。」媽把我的腳塞進被裡，在上面拍拍。

「趁她睡著，給她脫下來吧。」

「那還得了？明兒個一早，不攪個稀屎混粥哇？」

「她這脾氣像誰？你說說！」

「不要這樣！給孩子瞧見，別……」

他們悄悄走出我屋。不要這樣，不要怎樣呢？偷瞄了一下，他們是拉著手兒走出去的！我早就懷疑，他們倆總是背著我做件什麼事兒，現在可下子叫我瞧見了，原來是拉手兒！

很放心地沉沉睡去。

果不其然，早早就凍醒了。媽說的對，穿襪子睡覺，眞覺著像毛褲腿兒小雞，兩腳起毛，蹬了被不說，壓腳的成了墊腳的，肚子冰涼。玻璃窗上的霜花像羽毛，厚厚的羽毛。輕手輕腳拿了梳子去廚房找春喜，她起早煮高粱米粥，等會兒要用米湯給爸沖雞蛋喝。

「春喜，給我梳辮子。快點，別梳得太疼。」

春喜每次給我梳辮子都像拿我出氣，梳得好疼。也怪我的頭髮太多，又好擀毡（糾結）。生了一場傷寒病，把頭髮都掉光了，新長出來的頭髮特別豐厚，就是太短，梳成辮子，辮根兒特粗，辮梢兒特細，形狀奇特。她梳完了，還笑我：

「沒見過你這苕帚辮子。」

我自個兒倒覺著腦袋後頭掛著一條剛出水，又滑又亮的黑魚似的。

「春喜，你看我的洋襪子！」

「昨兒個不就叫我看了八遍了？還看？找鍾仁看去！」

當然我要去找鍾仁，還用她舖排？找鍾仁，倒不是叫他看我的洋襪子，他昨兒個也看了八遍了，而是早飯以前，我天天要到學校上早自習，叫他送我。因爲路上要經過好幾戶有狗的人家，還有「泰山石敢當」，一間土地廟，一個「打罷刀」（即離婚）女人住的屋子，荒地上有幾間「花子房」（叫花子聚居之處）。這些地方在太陽尚未露頭，早晨行人稀少的時候，特別可怕。

那間刑房眞的改頭換面了。門窗都是洋式的。不過我一走近，仍覺膽兒突突地只好小聲叫：

「鍾仁！鍾仁！」我敲了好幾下玻璃窗，他才醒，他打著呵欠，朦朦朧朧地說：

「有！」

媽說小姑娘不可以進男人睡覺的屋子。即使是自家的小打兒（打雜的）、聽差的屋子也不可以。

可這屋子全是玻璃窗。不像以往他住的屋子是紙窗。想不往裡看也不行。頭一回，我在外邊把他起身的情況看個一清二楚。

他跟我一樣，也是被窩上壓著一件一件的衣服，也是順序的穿，唯獨最後穿襪子這一項跟我非常不同——除了襪子，他腳上多了一層東西。

他先舖好一塊二尺多見方、黑不出溜的一塊家織布，然後伸出一隻大腳丫子，往那塊布上一放，用兩手左裹右裹的，厚嘴唇抿著，幫忙使勁，三道抬頭紋也出來了，把腳丫子裏得嚴嚴實實，這才從鞋窩裡提出撐成了腳形的布襪子來，小心翼翼的，又抿著嘴把腳蹬進去。接著再包第二隻腳。

這要等到哪年啊？怪不得每天他起身都這麼慢！我又冷又急，再這麼磨蹭，日頭上來，到學校就晚了。

「快點！快點！眞納悶兒，穿個襪子這麼費事！」

好容易他包好腳，穿好襪子，塞進老棉鞋下地了。這才我在前，他在後，往縣立女子小學走去。媽規定的，他頂好是在我後面五步至十步之間。

不過，這並不容易做到。鍾仁螞蚱似的，又瘦又高，兩條不聚財的仙鶴腿，走上三步兩步就會趕到我前面去。媽說，他原先不是這樣，他剛到我們家上工的那年才十五歲，矮趴趴、乾巴巴的一個孩子，連個正式的名字也沒有，問他叫啥，他說二柱子。他爹是個犯人，欠債還不上，被人告到官裡，又牽連上別的案子，解到省城去了。剩下他和他媽，家又窮，沒法過日子，爸看他可憐，就叫他到我們家當小打兒。媽當時說：「這二柱子啊，別看他像是個屬毛蟲的，總是吃個沒夠兒，什麼也不會做，可有一樣，憨厚老實，靠得住。」後來他到十七歲上，爸給他娶了個媳婦兒，叫他媳婦在鄉下家裡侍候婆婆，等公公回來。他呢？他升了聽差，爸給他起了個名字叫鍾仁。自從有了這名字，他就常拿這兩個字做考題，考考別人是不是個念書的。「你念過書？會寫我的名兒鍾仁嗎？」如今他眞是出息了。每月往家捎錢，還會說：「我在潘公館充差。」（連我都不懂什麼叫充差，不過總裝著懂。）只是一提媳婦，他就滿臉通紅，紅到脖子根兒。所以媽讓他一個月回一次家。每次回去都給他買個裝滿槽子糕（蛋糕）、芙蓉糕的菓匣子帶回去。

去縣立女子小學的路並不遠，一袋菸的工夫也就到了。可是他爲了減慢速度，還要顯排他多有能耐，一路上的話可多著哪！他告訴我各家的狗名；老王家的女人在哪兒放印子錢（高利貸）；老李家的牛犢兒多大了；老劉家今年做了多少醬塊子（做完醬的第一步，蒸熟黃豆，做成塊，等待發霉）這些。

我哪愛聽這些？我心裡著急，路上沒別的孩子走，八成兒是晚了，都是他那包腳布害的。

「鍾仁，你到我前邊兒去走。」

「那怎麼成？太太吩咐的，在你後邊兒跟著。」

「你走得快，我跟著你走，咱們倆都會快；要不，晚了，老師罰站。」

「天天是這個時候，哪會晚呢？你又要起什麼高調（要花樣）了？別想調理（整）我，我不聽你的，光聽太太的。」

「你在我前邊兒走，我好看看你的腳包著布，走路彆不彆扭，像不像毛褲腿小雞。」

「毛褲腿小雞有我這麼大個兒的？」

「那，你硌得慌不硌得慌？有塊布在襪子裡？」

「當是沙子石頭？」

「那塊布在你的襪子裡是成片兒呢？成條兒呢？還是打個大疙疸？」

「包著腳的。」

「也沒沾，也沒捆的，不鬆？」

「鬆了，有襪子箍著。」

「襪子那麼緊哪？一定難受，你的二腳拇趾和三腳拇趾是不是都箍得落起來了？」

他不吱聲，默默地在後面跟著。

「你得告訴我，爲什麼你要用布包腳。」

他裝沒聽見。

我抽冷子（突然）一溜煙兒跑上大土坡。在上面頂風兒跑，腦袋後頭那條黑魚一下一下地敲脖子。鍾仁嚇得直叫：

「小祖宗！快下來！土坡那邊有撒尿的。」

果眞看見土坡那邊有人撒尿，我就下來了。

「你非得告訴我，你爲什麼包腳不可，不介，我還上去！」

「省襪子！」

「老破布襪子還省個什麼勁兒？再說，你回回回家回來，不都帶著新布襪子？你媳婦兒會做，怕啥？省啥？」

我車轉身，站住，叉腰問。

「她——她哪會做？」

「她不會做襪子？不會做襪子，怎麼當你媳婦兒？她竟幹啥？」

鍾仁答不上來，臉又紅到脖子根兒。

「你的襪子是誰做的？」我們又往前走。

「我媽做的。」

看見花子房那邊有個花子推門出來，我再也不敢出聲了。也眞奇怪，要飯的花子有什麼可怕的，我可就是怕。

那天眞晚了。是我的錯。頭天放學，老師就說今兒個要提前半小時早自習，督學來考察，他得準備準備。偏是穿了墨菊牌洋襪子把我給樂忘了。遲到雖然沒挨罵，一個人最後進教室，同學的眼光扎得慌。

自習完畢，別的孩子都回家吃早飯去了，鍾仁還不來接我。我心裡邊約摸著人家都吃第二碗高粱米粥了，這才瞅見一個長著兩條仙鶴腿的大個子進了校門，走路往上一竄一竄的。

「這早晚才來接！等下回來上課晚了，叫你賠。今兒個督學來考察，誰送學生晚，揍誰，你提防著。」

「又不是我故意的。太太叫我順便給花子房送豆包兒。」回家的路上，特別往花子房那兒一瞟眼。它已完全照在冬晨的陽光下，它要是一塊大糖，這會兒也化了一半兒了。所以有這個想法，是因爲老師說過一個妖精造了一糖果房子誘騙小孩的故事。

依我想，媽送了他們豆包兒，所有花子都應該人手一個蹲在牆根狼吞虎嚥的吃才對，可是這會兒外邊一個花子都沒有。

「幹啥給他們送豆包兒？他們又不餓！」

「豆包兒凍得跟石頭似的。」

「我問幹啥給他們送豆包兒？」

「快過年了。太太一年三節都送，這是積陰功，不能說出去。」

「積什麼？陰功？那是什麼洋片兒？積夠了能換個啥？墨菊牌洋襪子？」

「你這孩子！說你傻吧？你又挺精；說你精吧？你又挺傻。積陰功能換個啥？我怎麼知道！也許是換個長命百歲什麼的。」

「非得給花子豆包兒才算積陰功啊？」

「做好事都算。你爸爸一上任，就問案不動刑了。把罪過小的犯人送教養工廠去學手藝，也是積陰功。」

「給你娶個不會做襪子的媳婦兒可不算。害你省著襪子穿，天天包腳。」

「你瞎扯啥？」

「等春天有地氣了，你還包不包腳？」我想起又破又矮的花子房旁邊的荒地，一到春天，地底下就像蒸著豆包兒似的，冒出一片熱氣。這熱氣遠看才有，波紋般動盪著，把接近地表的枯草、小樹全都扭曲了。

「怎麼不包？地氣上來，襪子穿得更費。不包，叫我媽累死？」

「媽！鍾仁的媽要累死了！」回到家，迫不及待地喊。

「啥？」

「今兒個早上，他害我遲到，就怨他包他那個臭腳，一包包個老半天。」

「他媽怎的了？」

「他說他要是不包腳，穿襪子就太費，他媽做襪子就會累死。」

「喲！」

「媽，我倒有個法兒。」

「啥法兒？」

「爸不是買了那麼多墨菊牌洋襪子嗎？求你給他幾雙，不就得了？」

「幹啥？挺貴的。」

「他有洋襪子穿，就不必穿布襪子，不穿布襪子，就不必包腳，這樣，他媽就不會累死，我也不會遲到，對不對？」

第二天，媽找出兩雙爸穿過的舊洋襪，一雙新的墨菊牌洋襪子，是爸不太喜歡的白色。

「去把這幾雙襪子給鍾仁送去。給人的東西，不許你手欠，撕那上面的花花紙。」媽指的是商標。

我不甘心。連爸穿的襪子都歸我撕商標呢。他算老幾？我照例在那上面畫了一條黑色的小魚兒。表示「此亦我物也」。

鍾仁雖有了新舊三雙洋襪子，卻捨不得穿。照舊包他的腳，穿他媽做的布襪子。到他二十五歲上，他攢夠了錢，買了幾畝薄田，回家種地去了。

長大後，我離家遠行，一想起我那幸福的家，就連帶想起鍾仁。有一回看見一本外國兒童故事書，裡面畫個長腿的笨約翰，背著驢子回家的情景，總覺得畫的就是鍾仁。

一晃兒三十多年離家鄉不通音問，八〇年起，大陸鐵幕掀開一條縫兒，接到姪兒的來信：

……六七年春，奶奶中風，神志恍惚。紅衛兵抄家後，掃地出門。爺爺被打爲右派，扣上僞省長的帽子，毒打遊街，送回原籍。最後在鬥爭大會上被群眾打死。爺爺對栽贓給他的罪名，沒有一個字的辯白，因爲辯白也沒有用。只說：我沒犯法！我對得起良心！他死的時候，渾身所穿衣服沒有一處是完整的了。死後由人拖拉下台，滿身血痕斑斑，兩隻光腳擺蕩著，像似依依不捨的樣子。姪兒兄妹被迫親眼目睹這場暴行，但爲了劃清界線，誰也不敢上前。這時候忽然看見一位白髮長腿的老大爺，踉踉蹌蹌阻住去路，從懷裡取出一雙白色新襪，匆匆撕去商標，穿在爺爺腳上，喃喃的說些什麼，也聽不清楚，雖然這雙襪子頃刻之間就染上斑斑鮮血，但爺爺不至於赤腳走向另一世界了。

我拾起被人踐踏殘破的商標，留做紀念。上面是白底黑菊的圖案，印著「墨菊牌」三字，還畫著一條黑色小魚。商標紙已經變黃，想是陳年舊物。不知道這位老大爺是什麼人？跟我家有什麼關係？想追上去問個明白，他已消失在人群裡。姑，你能想得出來他是誰嗎？……

我已不能卒讀，眼淚簌簌流下，用手抹去，又流出更多。淚眼模糊中，我看到一個七八歲的小女孩在前面走，後面跟著她家的長腿聽差。年輕美麗，有異樣慈祥眼光的母親，和父親拉著手，看著女兒往縣立女子小學走去。突然間那個女孩轉過身來，抱住聽差的長腿，嗚咽不止，而父母的影子已碎成片片，漸渺漸遠。

原作一九八五年十二月發表

西屋傻子

海峽兩岸通信以後，我接到家鄉的第一封信裡說，老家我見過的一輩人都死光了，有的老死，有的鬥死，有的餓死，有的病死，有的無緣無故的死，只有「西屋傻子」還活著，而且「活得好好兒的」，明年就九十歲了。

看到這個消息，心裡湧起一波波複雜的情緒，彷彿趨車返鄉，所經之處一片荒蕪，忽見廢墟中仍有一縷炊煙裊裊；又彷彿看見老家被騾馬踐踏的場園一角，一株秋末偷生的蒲公英，披著顫抖的白髮，等待它的末日。

傻子還活著？經過這麼多年的折磨、變化，萬萬想不到他還活著！這幾十年，每逢想到家鄉的人，誰都想過，連騾馬老牛都想過，就是沒想過西屋傻子，我已把他忘得一乾二淨，更沒想過他的死活問題，而居然只有他還活著。

他那麼傻，叫他往火裡跳他也跳，他是怎麼活過來的？

他的飯量那麼大，一頓飯非五碗八碗不飽，好些人都餓死了，他是怎麼活過來的？

他長得那麼高，好年月穿衣蓋被都上露胳臂下露腿，吃苦、幹活、挨打、被捉弄，都先輪到他，他是怎麼活過來的？

這西屋傻子，算起來是我的姪輩，在鄉下年齡小而輩份大是常有的事。他是我遠房堂兄的兒子，我平生也只見過他一次。那一次差不多有兩星期之久我天天看見他。那年我六歲，他二十四、五歲。當年我父親一直帶著家小在數百里外的省城做事。要不是我的叔祖母過世，全家回鄉參加喪禮，我根本沒機會看見他。

沒見到西屋傻子以前，已聽說他很多，不但聽說，事實上已背後拿他當做欺負捉弄的對象了。母親被我們逼得沒新鮮故事可講的時候就說：「咱們來講老家的西屋傻子吧！」西屋傻子的故事永遠新鮮，百聽不厭。因爲他是自己家裡的人，聽他的故事像是聽自家地裡挖出個金元寶那麼吸引人。

母親說：「咱老家你三哥有個傻兒子，小名叫柱子，什麼心眼兒都沒有，就有個吃心眼兒，別提有多能吃了，每頓飯都得搶下他的飯碗才拉倒。他長得好高好高，高得走門要彎腰低頭，可他常忘記低頭，把個腦袋瓜子撞得青一塊紫一塊，問他爲什麼不低頭，他說怕別人看見他後腦勺兒的禿瘡！你說他沒心眼兒吧，有時候也有個傻心眼兒！我嫁過來的時候，他已經十多歲了，有一天我看見一個孩子捉弄他，給他一隻活蛤蟆叫他吃，騙他說能治他的傻病，他立刻張嘴要吞，我上前一把搶下來。那隻蛤蟆可被他嚇著了，我拎牠一條腿往地上一放，牠怔了半天才跳進草裡。你們猜啊，傻子見蛤蟆跑了，他說什麼？他說，『快跑，快跑！』很怕蛤蟆會自動回來讓他吃似的。」

以前我們鄉下哄小孩都用「老虎媽子」這種怪物來嚇唬，小孩子不吃飯，說老虎媽子來搶你的飯，趕快吃！小孩子不聽話，說「再不乖，老虎媽子會揪你耳朵！」可是在我們家，西屋傻子代替了老虎媽子，他不但做惡多端，也承擔所有的罪過，受所有的折磨。不給我們糖吃，佣人就說糖都叫西屋傻子給吃了；我們不睡覺，佣人說西屋傻子天黑就來，看誰家小孩不睡覺就揹走；母親有事外出，我們不捨，母親就安慰我們說「我去打西屋傻子去！你們乖乖在家等著！」

最記得的是，有一回母親出門，說回來給我們帶糖炒栗子吃。可是等到天黑她還不回來，燈光暗淡，等得好睏，弟弟又哭又鬧。佣人沒辦法就抱著他哄他說：「別鬧了！你媽買了栗子走到半路讓西屋傻子給搶走吃了。咱找西屋傻子要去！」於是他抓起一枝毛筆在紙上亂畫，畫了個大肚子人形，肚子裡又畫了好多圓球，說那人形是西屋傻子，圓球是糖炒栗子。「咱們來把他搶去的栗子摳出來！」說著就用毛筆的銅筆帽使勁兒地從肚子裡摳那圓球，太使勁兒，紙都摳破了，一個栗子，兩個栗子，三個栗子，摳著摳著，弟弟就睡著了。

西屋傻子給我的總印象是高大、能吃、任人捉弄、不怕疼痛，可以隨便欺負，有時又專找小孩的麻煩，心想他或許屬於另外一種人類——傻子人——半人半獸的人。我對他是半怕半好奇。

所以一聽父親說要回鄉，第一個反應是「我可以見到西屋的傻子人了。」像是要上動物園那種心情。

及至到了老家，經過門口吹鼓手一陣震耳欲聾的吹打，跟父母在叔祖母靈前下跪，哭了一場（因見父母哭我才哭的）母親看我哭得可憐，小聲說：「別哭了，看！那就是西屋傻子！」

誰知我此時看見的西屋傻子和我想像中的西屋傻子完全不同！他不是另外一種人，是跟平常人一樣的人，也沒什麼可怕的，因爲他也跪在靈前哭呢，而且比誰的眼淚都多。母親說：「他最會哭，每天叫他來哭三遍，才給他飽飯吃。」

他這麼會哭，爲什麼以前沒人告訴過我？我要是知道他會哭，就不會把他想成半人半獸的傻子人。

但他的個子實在很高，跪著像別人站著似的。白色孝衣的袖子剛剛超過他的胳臂肘，露出的手倒有些嚇人，那是兩隻發藍的手，手指均勻地開叉杜地，像兩棵藍色的樹根。我心想，這個傻子也許哭得太多了才把手哭藍的。因爲媽說我一哭臉就發青。後來才知道他們家開染坊，染好的藍色蔴花布總叫他扭乾，這樣兩手就給弄得老是藍藍的。

傻子隨這撥人哭完站起來，我的心也跟著跳快起來。他眞是高得離譜！像一座動來動去的白牆，隨時可能有人喝令他不要動，以便在上面釘釘子掛衣服掛帽子什麼的。

仰頭看他的頭，找他的禿瘡，他實在太高，或許是我太矮，加上他的頭老是晃來晃去，一直找不到，看得我有點頭暈。我又心想：都是個子太高把他害的。他要是長得不那麼高，就不會沒心眼兒，成了傻子，高個子把他圓圓的心給拉長，心眼兒就給拉不見了。那時我正當對於什麼東西是什麼做的特別有興趣的年齡，敢情我把傻子的心想成一塊麵糰了。

傻子站在那裡一直傻笑，露出兩顆傻傻的大板牙。好幾個孩子在旁邊唱著：「打鼓吹號，傻子來到，又哭又笑，兩眼擠尿。」他像沒聽見似的，兩眼直勾勾地盯著供桌上的饅頭，抽冷子伸出一隻大藍手，拿起一個饅頭就跑，一路把孝服脫下甩掉。

「這個傻兔崽子！」罵人的是我嬸嬸輩的婦人，負責靈堂事務的。她特別貼近母親，套近乎地說：「這傻子除了吃心眼兒，現在又多了個花心眼兒。前兒個朝他爸爸要媳婦了。你可小心你那閨女，離他遠著點兒！」

母親笑笑，只說：「哭完，該給他饅頭就給他吧！」

老家是大家庭，正屋，下屋，東屋，西屋，前院，後院，跨院的孩子加起來有二三十個，其中會走路，能玩的孩子中數我最小。孩子們沒氣可淘時就圍著傻子取樂，傻子不但不生氣，還做出大年初一出生的大人物那種神氣，比我們還樂。跟他玩什麼他都願意，露出心甘情願，「隨你們怎樣我都不怕」的閃閃目光。最常玩的是大家把他圍在中間，齊聲喊：「傻子傻子『轉迷楞』！（就地旋轉）」他一聽就閉起眼睛陀螺似地轉啊轉，轉啊轉，這時我看見他的禿瘡所在了，忽明忽暗的那一塊！轉著轉著，傻子咕咚一聲昏倒在地，大家樂得開了花。不想他一骨碌又爬起來，搖晃著說：「哈哈！騙你們的！」然後又繼續轉，越轉越快，又咕咚一聲昏倒了。原來先前是假昏倒，是大孩子設計讓他逗樂的，這回是眞昏倒，大家看他半天爬不起來，一哄而散。

有時候跟他玩抓人。大家一齊上前，揪他的頭髮，扯他的衣服，踢他的腿，用土塊瞄準他的禿瘡打，然後立刻跑開，大叫：「傻子！抓人呀，抓呀！」傻子怎麼可能抓到？在他的腳下已經畫了一個圓圈，不准他「越雷池一步」，他還發過誓說：「誰動誰是小狗！」他抓不著人，大家再上去揪他，扯他，踢他，傻子只管忙著用手抓，兩腳柱子似的釘在地上，居然有一兩次差點有人被他抓著，這就使大家越發的樂不可支了。

孩子們捉弄他的時候，我起先雖然心也想，卻不敢動手，只是咬著手指頭，笑嘻嘻地觀望。有一回忽然傻子向我招手，表示：「你也來玩啊」，我才膽子大了些，跑前兩步，叫聲傻子，又趕快跑開，只是如此，也夠刺激探險的了。這種快樂是我從未有過的。打那以後，我每天一睜眼就想找他。

家裡有個叫人開心的傻子太好玩了，何況院裡搭了大蓆棚，到處是穿白孝衣的人，竟像是開了什麼學校似的！何況還有伙計們高舉木製方盤，擺著酒壺菜餚，穿梭來往，不斷地喊著：「借光！燙！燙！」何況還有和尚唸經，吹鼓手嗚哇嗚哇地吹個不停；更何況孩子們沒人管了；我小小的心不禁罪過地想，要是這樣熱鬧，家裡死人又有什麼不好？

一天，要舉行什麼重要的儀式，縣城裡有頭有臉的人物要來參加，怕傻子當場丟人現眼，特地把他支出去幹活，到後山上去曬布。後山就在我們後院的後頭。小孩子也不准亂跑，於是大家也樂得上後山去玩。我尤其是樂，上山這種事在我還是頭一回，上自家的山更是懷著頭一次坐包廂看戲的興奮心情。

一出大門，所有的孩子都爭著照顧我。這些天來，由於我是從省城來的，穿的用的比較好，母親又常給大夥兒分糖果，衆家孩子對我都另眼相看，遇事也讓我三分。自己也覺得有幾分優越感。況且輩份大，這二十來個孩子裡除了一個十一歲的女孩我該叫她姑姑，一個男孩我該叫他哥哥，其餘一律該叫我姑姑，甚至有一個還該叫我姑奶奶的。和這些孩子出遊，我的得意和快樂是可以想見的。

當時是秋天，家裡搭的蓆棚遮蓋了一半的院子。人聲、哭聲、誦經聲、鐃鈸嗩吶聲，亂哄哄的，彷彿把這個家抬離地面了，目光所及只有一小塊天空，望不見遠處，察覺不出是秋天。等出了家門，才知道家仍安然在地上，而秋天正在眼前靜靜地擴展開來。

太陽照得很暖和，天空一片亮亮柔柔的藍，像媽買來的藍緞子。我們一群男孩女孩拉拉扯扯，呼嘯著、嘻鬧著往山上走，一下子就闖入了秋天的帳幕。

我的小姑姑怕我跌跤，一路拉著我的手。我卻不停地站住，不停地回頭，不停地驚呼，這使她很累，常常因落後氣得朝我著急跺腳。可是我沒辦法啊，管不了自己了。發現認識的藍色喇叭花，能不站住嗎？發現不認識的小紫花能不回頭一看再看嗎？發現褲腳上沾滿了植物的小刺球能不驚呼嗎？

二三十個孩子像二三十隻小獸剛剛放出籠子，沒有一個好好走路的。踢著走，跳著走，扭著走，驚起各式各樣的小蟲。在我看來，那些小蟲像是有各種數目的腳，三隻腳五隻腳的都有，全是其他地方所無。我也學著大家的樣兒，踢著，跳著，扭著，故意找石頭踢，找亂草堆跳，把蒙著白布的小鞋尖踢破了，裡面粉紅色刺繡的一朵荷花也起毛了，我一點也不覺可惜。

小姑姑順手從一株快要枯萎的草莖上揪下一片紫得發黑的小漿果給我吃。她的眼睛盯盯地看我吃，嘴唇微微動著，「看把你甜的！」她說，顯出她是採果的老資格，這麼甜的好吃的東西，她吃都吃膩了。

城裡來的孩子吃野果，這個功勞像是被小姑姑獨佔了，引來大家爭相邀功。有人說春天帶我來爬後山那才好看呢，滿山的桃花、梨花。有人說下雨以後帶我爬後山那才有意思呢，可以採新鮮蘑菇。有人說冬天更好玩，可以帶我打鳥。聽得我耳朵都冒泡兒了，這座小山迷住了我，我沒法子形容它，我只能在心裡說：「這座小山好『有錢』哪！」

悲哀的嗩吶聲漸遠漸渺，溶入門前的小河，悠悠流走了。藍天之下，山坡也藍，由那片天地相混的藍裡傳來一聲快樂的、親切的，他鄉遇故知般的呼喚：「嘿！哎嘿！」

那是西屋傻子，他就在那邊山坡上曬布。我們聽見是聽見了，卻沒人理他。

「哎嘿！」又是一聲，這回是兩手圍著嘴喊的，傻子身體面向我們這邊站著，嘿一聲湊前幾步，嘿一聲又湊前兩步，等待我們哎嘿回去。

可是在這忙碌快樂的時刻，誰去理他？

忽然間，像是誰打了個暗號。大家都懂，只有我不懂。他們全體朝一個目標奔去。小姑姑也甩開我的手，慌慌張張跑走。那是一棵生在蔓草荊棘中的樹，所有的孩子圍著它，這才記起剛才聽到有人喊了一聲「杏兒！杏兒！」我原以爲是誰的小名叫杏兒呢，原來他們發現一棵仍有果子留在枝上的杏樹。那是整座後山唯一仍有果子的杏樹。

那些杏兒一半黃一半紅，襯著藍天在枝上微微搖著，搖得我的心快樂地在腔子裡跳舞了。

一眨眼，孩子們上樹的上樹，攀枝的攀枝，爭著，搶著，吵著，把杏兒塞在嘴裡，任黃色的汁液從嘴角流出，把杏核丟得老遠老遠。

我站在樹下望著，聞著杏兒酸酸的新鮮香味，不停地嚥口水。我耐心等著，等他們分給我杏兒，剛才我吃漿果的時候，他們還慷慨地要帶我做這做那的。我想，首先喊我姑奶奶的那個孩子應該給我，喊我姑姑的那個孩子應該給我，我喊他哥哥的那個孩子應該給我，至少我那個小姑姑應該給我。平常他們的媽媽不是如此教導他們的嗎？「要尊敬長輩，大的要讓小的！」而我又是長輩又是小的。可是這會兒他們全忘了。他們不再慷慨了。

我上不了樹，搆不到樹枝，但我渴望嘗嘗自家山上的杏兒是什麼滋味。我也渴望小袂襖的口袋裡裝上幾個自己採的杏兒，前此裡面裝過的最好的東西，只不過是幾隻死螞蚱。

沒有人分給我杏兒，沒有人設法讓我也採到一兩個杏兒。大家把杏兒採光，呼啦一下子各自散去，突突突地往山下跑，只剩下我一個人。

哇地一聲我哭了，一面哭一面在後頭踉蹌地跑：「給我杏兒！我要杏兒！」

小姑姑停下來，我以為她心軟了，會哄我，再牽起我的手，把她滿口袋的杏兒分我幾個。只要兩三個就好，我伸出小手。

誰知她撥開我的手：「哭什麼哭？你們城裡人就知道哭！要杏兒就自己摘！樹上還有

啊！」說完轉身跑了，小辮子一飛好高。

「我搆不著嘛！小姑姑！我不要杏兒了，一個也不要，求你牽我回家！」我連哭帶叫帶央求地跑，我非跟在她後面跑不可，因爲茫茫後山，哪兒是回家的路？我一點兒也不認識。

霎時間一切變了色，變了形，花不好看了，蟲也不好玩了，一心只盼兩條腿跑快一些。越想跑快越跑不動，沒跑多遠，跌了一跤，嘰哩骨碌往下滾，往下滾，一堆帶刺的小樹擋住了我。

第一次聞見秋草被太陽曬出的濃濃草味，泥土的土味，泥土沾了我的眼淚，還有眼淚味，但我什麼感覺都沒有，只認爲我要死了。「媽！」我絕望地叫。

「別哭！誰哭誰是小狗！」

有人把我一下子抱起來，模糊著兩眼一看，是傻子的大藍手。誰叫他抱？用盡氣力打鼓似地捶他的胸，踢他的肚子，掙扎著要下地。他有點兒怕了，手一鬆，我差點摔下來；他又抓牢我，憑空一扔，接個正著，這回他儘量把我往上抱，我正好打他的眼睛，打他的大板牙。心想，他要是不放開我，我一定要死兩次了。

「放開我！你這個大傻子！再抱，告訴我爸爸打死你！叫唸經的和尚唸死你，叫吹鼓手吹死你！」

他不怕打死，不怕唸死，不怕吹死，什麼都不怕，只抱得我更緊。這會兒我眞太害怕了，他要把我怎樣呢？

他抱著我回頭往上跑，一面跑一面喘氣，好像馬上要變一隻狼，藏在山後，把我吃掉。

微風飄過來一陣尖銳的嗩吶聲，給了我一線希望。「媽！救命！」我拚命地叫，心想，我能聽見嗩吶聲，媽也一定聽得見我的叫聲。

「別叫！誰叫誰是小狗！這不是到了？」

終於他把我放下。

「你看那上面是啥？」

淚眼婆娑中順他的大藍手往上瞧，是杏兒！好幾個半黃半紅的杏兒！他把我抱到杏樹這兒來了。

不容分說，他伸開兩隻樹根般的大手，粗魯地把我掐腰舉起，彷彿我輕得像草棍兒。

他太高了！我比他還高！我看到山坡上所有的樹的樹頂；看到不遠處一棵樹上的空鳥巢，鳥巢裡一根茸茸的羽毛；看到山腳下發亮的河水；看見家裡的大蓆棚。這一切是渺小的我站在地上看不見的，即使看見的也完全不一樣。高處往下看是個不同的世界，而我看見了。

當然，幾個鮮豔的杏兒就在我伸手可及的眼前。傻子傻笑著，現在我知道他不會傷害我，我不必哭著喊媽，我也不會死兩次，一次都不會。

他掐著我的腰，腰小手大，我有些喘不過氣，他讓我更安全舒適地騎在他的脖子上。這樣一來，我又高了一截，眼前彷彿又展現另一世界。

「摘吧！摘那杏兒！」

就這樣，我摘到所有同伴孩子們都摘不到的杏兒，整棵樹上最後、最大、最好、最熟的杏兒。一共摘了五個，通通放在口袋裡。

傻子一根一根摘下沾在我身上的草莖，一個一個的刺球，拍掉我身上的泥土。我乖乖地讓他這麼做，可是我拒絕他要領我下山的手。

我始終沒敢告訴任何人西屋傻子在山上抱我、哄我，讓我騎他的脖子摘杏兒的事，直至此刻！六十多年後。

起先我說幾十年來我已把他忘得一乾二淨，是不可原諒的謊言。其實我從未忘記他，只是我太庸俗，太虛榮，把他幻化了。

我常常跟我的孩子們講述我童年一個美麗的故事——我六、七歲的時候隨父母返鄉……。

前面的情節都和這篇一樣，只是完全刪除西屋傻子這個人，後面也變了樣。

——孩子們摘了杏兒紛紛跑下山，唯獨我沒有，我哭了，一面哭一面跟在後面跑。跑著跑著，跌了一跤，跌得滿臉又是淚又是泥。這時候，眼前出現一個男學生，他是在省城念書的，穿著藏青嗶嘰料子的學生裝，銅扣子在陽光下閃亮。他溫和地哄我，拿出雪白的手帕揩乾我的臉，領我回到杏樹那兒，抱起我來，遞給我一根樹枝，他的個子雖然不太高，但比當時的我卻高多了，他抱著我，讓我用樹枝打杏兒。我看見他的自然卷髮像黑絲一般。當他看我把杏兒一個個揣在口袋裡，他的笑容好像在說：「我喜歡你！」然後我滿心歡喜地讓他厚厚溫溫的手牽我下山。這個穿學生裝的男孩就是你們的爸。

此刻西屋傻子歷經苦難仍活著的消息，好似魔術師手中的黑布忽地揭開了，露出一隻活生生的記憶之鴿。掩蔽了六十年之久的傻子種種，由模糊而清晰，一點一滴地記起來，一經記起，再也不願忘記了。

更不願忘記的是對他的感激。當年這段小故事給予我的啓示和幫助太多，並且不停地隨時間的增長而豐富。

他明年將九十歲了，是不是就因爲他傻，才熬過來的？既然他「活得好好的」應該還有記憶吧！

我掏出我的支票本來。這些年來他一定餓壞了。我不想別的，只想讓他有生之年能頓頓吃飽，也只能如此了。

原作一九八九年六月發表

以為還有很多，其實沒有了

〈懷念海音之一〉

海音這一輩子，好像一個「吹著笛子下山崗的人」（英國詩人威廉・布萊克句），她的笛聲，感動著所有認識中國字的人。她病了，她走了，人們說她太累，放下笛子，休息去了，而我寧願說她放下笛子，並未休息，她呀，買鼓去了。因她是永不放棄，永遠追求快樂、予人快樂的人。

多年以來，她的彩繪生活，彩繪了我們的生活。這樣的日子，我們以爲還有很多，卻忽然斷了線，再也沒有了。爲什麼人間總是有這樣的遺憾？

幾個星期以前，我去醫院看她，情況令人擔心。當晚便做一夢。夢見在她逸仙路的家裡，滿室的客人在聊天，她卻披著一條浴巾，悄悄出門，她要做什麼？好蹊蹺！我便倚窗外望，清晰地見她穿過迴廊，繞過魚池，一步一回首地看她的家，然後身影漸漸模糊，終至消失。我擔心她，是否不回來了？就急步出去追趕，只見走廊盡頭，孤獨而無奈地堆著那條浴巾。

十二月二日的清晨，傳來她在前夜離去的消息。

這浴巾之夢，使我想起——

民國六十年代尾，她忙她的「純文學出版社」，我忙編教育廳的中華兒童百科全書，忙過一陣，就會接到她的電話邀打牌：「咱們都輕鬆一下吧，來我這玩玩，你烙幾張薄餅帶來，烙小一點兒，別像上回那麼大，捲上菜，挺不好拿。」我哪有她那份忙呢？可經她這麼一說，倒眞覺得玩玩有理。於是烙了餅，乘興而去。那時她住舊家忠孝東路。

除了我們兩人，有好幾位年齡相仿的朋友，輪流參加。

四老坐下不久，常常創造一些牌趣之外的娛樂。比方說，有人抓牌，忽如韓信將兵，多多益善。應抓十六張，她卻不動聲色地抓了二十二張，直到她的牌站立不穩，嘩里叭啦掉在地上，這才被發現，乃相視大笑，推了重來。比方說有人把自己的牌尺放空，不用它整理面前的牌，卻任其橫斜，以致撥倒或推散別人的牌，鬧得秩序大亂，遂得了一個雅名——舟自橫（取自唐詩人韋應物句）。比方說，牌已經剩下兩張就抓完，有人砰地放了大「炮」，問其故曰：「我在做清一色哪！」此老也得了一個綽號——「某」大叔，叔者輸也。

有一回四老玩累了，海音說：「咱們歇會兒。」便呼啦一聲，全部起身，去到客廳，唱起老歌來，歌兒越唱越老，唱者越唱越年輕，唱進時光隧道。奔向童年，唱起小時候的兒童歌舞劇來。

那歌聲呀，自己都覺得不忍卒聽。個個老聲老氣，變調的變調，走音的走音，這已經夠瞧的了；再加上角色混亂，全挑自己會的那段唱，顛顛倒倒，這已經夠受的了；再加上每人的健康都在走下坡，故有時在鴨聲呷呷中，忽聞雞啼喔喔，一老咳嗽了。有時在腳步踢踏聲中，忽聞某物爆炸，一老的藥盒撒了。簡直是鬧劇一場嘛！爲什麼發生這些小意外，原來四老太投入，唱之不足，加之以表演！表演歌詞中的「愛奏樂的蟲，愛唱歌的鳥，愛說話的人都一齊睡著了。」望之千姿百態，故做小兒女狀，叉腰的，閉眼的，歪頭的，伸胳臂伸腿兒的，眞如唐詩中句「一團茅草亂蓬蓬」，一片老天眞，渾不察青春早已暗換！可是我們樂呀。

那天的主打歌落在「麻雀與小孩」上頭；這個兒童歌舞劇只有三個角色，即老麻雀、小麻雀和小孩。剛一開始是老麻雀教小麻雀學飛。老麻雀唱：「飛飛，飛飛，這個樣子飛飛……」此時海音拿出一條浴巾披在肩上，左右手各扯其一角當翅膀，又做老鳥又做小鳥的。大家跟著幫腔合唱。主唱小孩的對小麻雀唱：「小麻雀呀，你的母親哪裡去了？」

做小麻雀的海音唱：「我的母親打食去了，還不回頭，餓得眞難受。……」

略過好些情節，因大家都不太記得清了，到了老麻雀（也是海音）回巢，發現小麻雀不見了，驚慌失措地唱：

「哎呀不好了，女兒不見了，嬌嬌女兒年紀小，不會高飛上樹梢……往何處找……好不心焦。」

我們三人此時都看她表演，忽扇著浴巾滿場飛，做尋找小麻雀狀，忽扇出一屋子陽光和香皂味，好像眼眶裡還隱約著淚光。難道她想起某年某月，有個孩子回家晚了，她那份焦急的心情嗎？

唱夠了，瘋夠了，四人又回屋中「中、發、白」去了。

這樣的「老來樂」，原以爲還有很多，一通電話聯絡而已。誰知道會就此了結！時日匆匆，幾個老朋友體益衰，髮益白，連走路都有問題，遑論跑跳？先是我的先生突然去世，沒了這股心情；然後海音發現病痛，沒了這股興致。如今她去了，腦子裡一定懷念那有歌有舞之日吧，丟下浴巾，是不捨又必捨的無奈。

她走後，我到她家去看她所摯愛的丈夫和孩子們。站在她微笑如生的照片前，心裡擁塞感謝，感謝老天讓她在我四肢尚靈活時遠去，可以獻上我的最敬禮；腦筋尚靈活時，可以回憶她曾與我共度的好時光；眼淚尚不老時，可以聽話地轉動在眼眶之內。她不要我們流淚，不是嗎？

悲傷仍在我和她的孩子們之間流動。告訴她們浴巾的夢？告訴她們「麻雀與小孩」？不知怎的，面對她的三個女兒，只有一句歌詞衝到嘴邊，衝動地想「緊緊的摟著」她們（海音語）問：「你的母親哪……裡……去了？」思未盡句，竟已吞聲。什麼話也說不出來了。

一再地要行不行，又藉故繞著留有她最後的嘆息之屋，走了一圈，告辭。

走到迴廊盡頭，尋遍。台北的初冬恐我責難似地，低頭不言。

二〇〇二年一月・台北

好夢一場

〈懷念海音之二〉

海音：別後匆匆已三年有餘。恍惚間總以為你仍住在忠孝東路的家。台北近日似陰似雨，似雨似寒，見過年買的花枝已殘，心情寥落得孤孤單單。想去你家喝杯好茶，聊個天，忽然醒覺你已搬到另外一個世界去了。能不黯然？轉而一想，雖說人生如夢，但此生曾與你為友，便是好夢一場。天上人間都應該想開一點。

今早陰寒盡去，陽光初透，正如我倆常常一起唱的童年老歌：「讓那紅球現出來，變成一個光明的、美麗的世界。」於是心情也隨之輕鬆起來，想寫封信給你，請陽光送到你的書房。

日前，整理我先生的遺物，發現一枚魚形古幣，把玩之中，想到古人魚腹藏書之事，便拿起紙和剪刀，自製此魚形信封，裝進這封信和三樣舊禮，掛在屋簷下，陽光最先照臨的地方。太陽是老經驗了，看見這古意的信封，也會發思古之幽情、今日之同情，完成我所託吧。

你走後一年，承楹大哥便尋你而去，繼續七世之緣，你不再孤單了。孤單是最可怕的事，你說過。

脫離了人世的羈絆，現在你們完全自由了。於是當我想你的時候，不知不覺重新塑造了你們二位的形象。不再是資深帥哥和資深美女，而歸類到荷蘭民間傳說中的「小矮人」一族。小矮人在歐洲各國有不同的名字。英語叫 **Gnome**、荷語叫 **Kabouter**、丹麥語叫 **Nisse** 等等。小矮人平均身高十五公分，平均壽命是四百歲，力氣是普通人的七倍。他們以自己的方式過生活，一切衣食住行都ＤＩＹ。

之所以把二位歸於他們一族，乃因他們被寫爲眞實的存在。而你們無論以任何形體存在於世，只要存在，我以及敬你的、愛你的、念你的朋友們，都最願見的。

請原諒，在我的腦海中，二位已經縮小得跟小矮人差不多了。跟他們成了朋友，擁有他們萬事不求人的能耐，最難能的是前生做不到的事，現在都能做到了。

既然如此，就讓我來猜猜看，你們現在的生活：

承楹大哥與你相會以後，立刻邀你一同走入時光隧道，恢復青春，重溫一遍愛的開始，仍然聽憑命運安排，在同一報社裡，共用一張辦公桌，創造了數十年的好姻緣。

結婚以後，還是住在北京永光寺街一號。不過小樓很舊，小矮人幫忙你們把它重新翻修。這回鋪地的東西，不必用那粗糙的，不小心可能扎腳的炕蓆了。兩人背著口袋出外撿拾一些鹿毛、羊毛、兔子毛，加上綠綠的青苔，編織一張溫暖的彩色的地毯。這樣恐怕不夠用，海音是布置居室的能手，可能在園中一棵大樹底下，造一小別墅，做爲靜思之用。把此別墅的煙囪通到啄木鳥啄蟲的樹洞，又有趣又浪漫。

看遍關於寫二位的書。並未發現婚後有個蜜月旅行。二位都一定想好好彌補一下。不再做在蒼茫中加快腳步趕路的人，而是趁朝露從容出發的愛侶。

交通工具不是問題，騎上大雁、鸛鳥或天鵝的脖子，就任你翱翔了。如此美妙的飛行，承楹大哥可以居高臨下現場親眼觀賞他臨走未及看完的ＮＢＡ籃球賽。看不看，得聽海音的。

住宿不是問題。尋一個空鳥巢，雙雙躺臥其中，一覺醒來，運氣不錯，居然領略到詞人柳永的「曉風殘月」。

飲食不是問題。海音一向精廚藝，用一路採摘的薄荷葉、甘菊花來泡茶；用各種球根、蘑菇做菜；用覆盆子、黑莓、金橘加野蜂蜜做甜點；還有各種堅果當零食。

蟲咬蜂螫、傷風感冒，這些小毛病也可就地取材，像蒲公英、接骨木花、蕁麻都用得上。

一切沒問題，該到處參訪和觀光了吧，我猜你們最先去的地方就是桃花源，對不對？這個與世隔絕的、迷人的、神秘的所在，沒有人不想一探究竟的，它們出入口，海音已經畫圖在隨身的小小筆記本了。

你們又去看了秦始皇那綿延三百里的阿房宮，雄偉嗎？有資格稱爲失落人間的世界奇觀之一？

因喜歡音樂，就到北地去，聽聽董大其人彈奏的〈胡笳十八拍〉，兵士聞之淚下，你們的眼眶也紅了。

以你們各自在前生的成就，去拜訪了白樂天，他邀二位和他一同登上潯陽江頭的客船，請那琵琶女再彈一曲。

你們想請一些未曾見面的客人，到家小聚。海音做事有條理，已經開了宴客名單，第一批包括三位姓司馬的，司馬光、司馬遷、司馬相如；兩位姓杜的，杜甫、杜牧。第二批姓李的，李白、李商隱、李清照，第三批，第四批，還會陸續地請。

這趟蜜月倦遊歸來，我的這封信是和你扮家家酒的信，已經等在你的案頭。睹字思人，人之常情，免不了有些哀傷。但請不必哀傷，打開禮物，看！一隻企鵝優雅地走出來了；一隻蔡家老屋的老鼠，拖著鼠夾，啷噹啷噹地走出來了；一隻雪白的大白鵝，昂頭挺胸地走出來了，牠們都是你在童書裡創造的、永不變老的寵物啊。牠們結伴來看你，正如我倆常在一起唱的童歌，要求你「笑一個青春的笑吧」。

你看我，做事總是慌慌張張，忙裡定出錯，原來那隻大白鵝不是你的，不用說你也知道是誰的。請速速設法寄回。只要在台北行天宮的香爐裡留下ＨＹ你的小腳印，我便知道你收到這封信了。

我帶著含淚的微笑寫了這封信，想你也是帶著含淚的微笑來看完的。

寸言不盡，敬祝

平安

人木敬上

二〇〇五年四月・台北

無媒寄海音

——〈懷念海音之三〉

海音：今天是二〇〇五年八月一日，還差四個月就是你逝世四周年的日子。本想到時候寫幾行字來想念你，只因我現在身在美國，無意間看見一樣東西，攪得我的情緒翻江倒海，非馬上跟你說話不可，正如你在世之日。

在我三十二歲（你只比我大幾個月）那一年那一天，是打從我認識你以後，咱們第二次見面。很偶然，很湊巧。短短的一小時，成就了我們數十年的友誼，像一軸棉線的起頭，繞著歲月走，不斷、不變、不打結；用到它的時候，它就在那裡。

那次會面的地方是五十年前，在廈門街與和平東路相接附近新開張的一間美髮廳，當年最講究的。

頭一天我拿了一筆稿費，給三個孩子一人買了一個熱狗，自己就到那間美髮廳，洗頭做髮美一美。帶著膠水凝硬的一頭黑髮，不敢翻身的睡了一夜，清早打算去朋友家聚會，偏巧接到一封電報有急事，需要一份小首飾送禮，隔天要到台中去。

看完電報，立刻就鑽進所住日式房屋的櫥櫃，拿我藏寶的小盒。可是一打開紙門，便四顧茫然，不知那小盒究竟藏在屋頂下哪一個樑柱交接的縫隙裡。最後總算找到了，頭髮上卻落了一層蛛絲灰塵。

抓起皮包往外走，對正在看《徵信新聞》的戶長說：「我去洗個頭，然後去車站買票。」他用手指咻咻然彈了幾下報祇，眼睛白多黑少地翻到眼鏡上方，愕然說：「不是昨天才洗的？眞是說風就是風，說雨就是雨。」

於是我順風順雨地遇到了你。

找張空椅子，剛坐一半，便見鄰座大鏡裡的你，年輕的、美貌的、酷似從電影《綠野仙蹤》走出來的你。沒等我跟你打招呼，卻先聽見你爽朗清脆、天生五音十二律的聲音笑著說：「是你呀，眞巧！」

「可不是眞巧！昨天才來過，看我今天又弄得一頭灰。」

你說：「咱倆前後腳，我也剛到，咱倆像是約好的！」

這是你第一次稱「我們倆」爲「咱倆」。終此一生啊！

見你面前鏡台上放著一小包新產品的洗髮粉，我說：「咱們用的是同一個牌子。」說著，我從皮包裡掏出來我的，袋裡裝的是兩包。（當時洗髮須自帶洗髮粉。否則就隨便用他們的肥皂水什麼的。）

於是，兩位帶笑的理髮小姐像是長了翅膀，忽地一張，撲落在我們的肩上。雪白的髮巾一條。

你說：「這玩意兒像個大圍嘴，咱倆變成等餵飯的嬰兒啦！」

「得了吧，世上那有咱們這樣大的巨嬰！」

「你信不信？世間事，有時候你想它有，它就有；你想它像它就像。跟著一顆心走就對了。」

「不懂！什麼心？」

你沉吟了一會兒：「就彷彿咱倆剛才做巨嬰的心。林肯說人要有複雜的頭腦，單純的心。就是這樣的心啦。」

「我讀小學的時候，」你說，「有一回算術小考，考了個九十九分，把我高興得肚子好餓，心想中午回家有碗炸醬麵吃該多好。你猜怎麼著？我媽那天做的就是炸醬麵！」

我說類似的情形，我也經過好多次。不是想著家裡要是來客人多好，就是想年已經過了，蒲公英怎麼還不開花？結果家裡果然來了客人；一枝孤獨早開的蒲公英正在上學的路邊等著我呢。

彼此對著大鏡子一替一句地說個沒完，還嫌不眞實，便同時費勁地扭過頭，面對面的微笑。

「咱倆現在成了歪頭寶寶了！」你說。

理髮小姐可不喜歡這一套：「歪著頭沒法洗。」便輕輕地把我們的頭正過來。

你不服氣地：「怎麼洗都行啊。反正比以前把頭按在臉盆邊上洗好得多啦。」

你就是這樣，總往快樂處著想。

打開我們各自帶來的洗髮粉，小姐倒了一半在打濕的頭髮上。開始用雙手揉搓起來。雪白的泡沫翻滾而出，擁擠著、重疊著、覆蓋了全部的髮。

「咱倆一下子從巨嬰變白髮老太婆了。眞是李白那句話『朝爲青絲暮成雪』。」

「要是眞的，比那還慘呢。是『適爲青絲瞬成雪』！」

「假的才好玩嘛。」

兩位小姐聽不太聽，忽然更加緊地揉搓起來。泡沫越搓越多。一下子堆高，一下子聚後，一下子堆向兩邊，鬢角也在冒白泡了。

「你看出來沒有？」你說，「她們在學李連英給慈禧太后梳頭呢。又是燕窩頭，又是S頭，又是螺絲轉兒頭的，變樣兒梳。到這會兒還在流行。」

「海音，見此情景，我倒有個想法。將來你我眞老了，不必一天到晚『白髮悲花落』啦！每天像這樣變著花樣梳頭，也是個樂子呀。怕就怕老得連胳臂都抬不起來，梳不到後面。」

「那好辦，我給你梳，你給我梳，不就得了？」

這時候理髮小姐雙手捧起所能夠捧起的泡沫，丟進水槽。

好像人家做錯了似的，你慌慌張張地說：「這就算是洗完了？」

「太太，才洗第一遍呀，」小姐說，「才用了一半洗髮粉，還要洗第二遍。」

於是你長出一口氣，輕輕動一下身子。放心了。

重複了前一段那一套「黑白變」，洗髮粉小包空了。這才被擺佈著去沖水。沖水回來，我們都等不及地往鏡中一瞧，「嘿！咱倆變回年輕了。頭髮一濕，顯得更黑！」

「可不是怎的！」這麼快我們就變成了玩伴，在心裡。

小姐推來卷髮車子，上面堆著紅的、紫的、黃的各色塑膠髮卷，預備給我們「上卷子」，去吹大鐵帽子（那時還不流行今日的Blow Dry）。

你忽然眼睛一亮，發現新大陸似的，見我面前還剩下一包洗髮粉，便皺著眉頭說：「慢著，小姐，我的頭皮還有點癢。她（指我）的頭皮屑也沒洗淨，黏黏的，是不是？」給我一個調皮的眼神兒，接著說，「勞駕啦，再給我們洗一次，用她那包，分兩份。」

其實我的頭髮洗得乾淨又潤滑，哪有頭皮屑？哪是黏黏的？

可我卻立刻跟你一個鼻孔出氣，說：「我的頭髮摸起來，是有點沾手。」

我也知道你的頭髮也很乾淨，不過想多玩一回黑變白，白變黑而已。

揉搓，沖水，上卷子，烤乾，梳好，遊戲結束。

臨到你說：「改天咱倆約好再來。洗完頭到蔡萬興去吃碗餛飩湯圓什麼的，別這麼『陽春洗』。」

「一定。」

這就是我三十二歲那一年那一天我們成爲朋友的開始。你忘了沒？

其實，我和你在許多方面都是「相反詞」，你整齊，我零亂；你勤快，我疏懶；你的花草養得茂盛，花草一到我手就枯萎。要不是那一年那一天兩人玩起「黑白變」，因而發現彼此的心靈互通，怎會成爲朋友？

就算是你的事業達到最高峰，我們碌碌，你仍說「咱倆」如何如何。當你自己設計定做幾雙漂亮的高跟鞋，曾對我感嘆地說：「朋友裡就剩咱倆還能穿高跟鞋了。」

時光無情。期間你失去了親愛的母親，我失去了親愛的伴侶。他們倆兒也有緣，葬在同一墓園。我倆從未同時去祭奠過。但我知道你祭母時，總不忘帶一枝鮮花給他。你也知道，我祭夫時，一定去伯母那兒鞠躬默禱。

過了好久，又像沒有多久，你病了，是糖尿病。有一次你拿著醫生開給你的飲食單子，跟我說：「你猜怎麼著？現在我待在廚房裡的時間比以前多多了。」我問何故，你說：「就這麼一兩肉二兩魚的怎麼吃法？少，是少，我也得多思多想，想辦法弄得它好吃！」

這就是你。海音！一句話道足了你積極的人生什麼事都做到頂才拉倒。勇往直前，快快樂樂。事業做到頂，玩也玩到頂，愛也愛到頂，美也美到頂，做人做到頂，說也說到頂，寫也寫到頂。頂、頂、頂，你是頂級的海音！

你的病越來越重，原來明鏡般的頭腦模糊了。人、事都不記得了。這可怎麼辦？醫生、朋友，皆努力枉然。

有一天，我和朋友帶你去吃你喜愛的小吃。在計程車上大家你一句我一句地問你這個那個，希望引起你的回憶，你一律笑而不答。車行某地，我忽然聽見你小聲的喃喃：「這裡有家新開張的理髮廳！」我急急望眼窗外，高樓連綿，一片繁華，並無一間美容院，別說理髮廳了。

啊！我的腦筋忽然轉了一個圈，心想，難道當年我和你相遇的地方就在這裡？五十多年啦，你還記得呀！

我驚喜無極，流淚，擁抱。這件事是否可以打開你記憶之門？於是，多少風裡雨裡的尋覓，尋覓當年那個牌子的洗髮粉。結果眞正是「四大皆空」。竟然有一種莫名的罪惡感。

原諒我，海音。你的任何一場追思活動，我全未參加，非我無情，乃因「欲祭疑猶在」啊。當我聽見講述你的生平，唱離別的歌，無異宣布我倆之間，那條棉線已經斷了，叫我如何忍受？捨得？

幾星期前經過你家門口，特意先到對街仰望你六樓居處。想看看裡面是否住人。看不出來，卻清楚見一翠綠枝條懸掛窗外，它是否努力蜿蜒而出，告訴我，它比我想你更多？

到美國探女，已數星期，有一天她整理雜亂衣物，預備捐出。留學時爲她新買的衣箱舊了，衣服小了。

當年時興的淺藍色手提化妝箱，蓋子鏽得打不開了。好容易敲敲打打，從裡面掉出一管乾乾的口紅，一個小小的紙包，正是我風裡雨裡尋覓的那個東西。

後悔！爲什麼當時未曾想到這一條路？打個長途電話而已！

算了吧，又能如何。即使我們再玩一次黑白變，也只能是「白變白」、「白又變白」了。是眞的，不是假的，不好玩。也許惹你生氣呢。

我自己倒生氣了，已經把那變成小硬餅的洗髮粉，沖入下水道。

就此停筆。敬祝

天天快樂

眞老的老友

人木

二〇〇五年八月

想我的紅邊灰毛毯

一片蟬翼落在身上，都感到溫度的增加，是那般酷熱的夏。

民國三十一年，抗日的戰火正濃，我在重慶市郊的一所大學畢了業，工作也有了，地點在與重慶隔江相對的南岸。爲了上班方便，我在南岸江邊租下一間小屋。這小屋的支架半立水中，狀如一飲水瘦馬，距民生渡輪碼頭很近，步行可達。因漂泊以來頭一回有了「我的小屋」，下了渡輪，便一步一抬頭地向其張望；離開時，也頻頻回首的不捨。有時霧濃，看不清也像看清了的那麼心動。來訪衆友亦然。越此屋，經沿江小徑摟抱著的一座破廟，我工作的機關就在眼前。

我的學校和南岸雖然都在重慶，但帶著行李搬離學校，到達小屋，卻要山路水路的走。

當年旅行的人，標準行李有三：一是梁實秋先生在其〈旅行〉一文中提到的「五花大綁」的鋪蓋卷兒；二是手提箱，皮、籐、竹、布質料不拘；三是裝臉盆等盥洗用具的網袋。我那鍾愛的白底綠花臉盆，已被日機轟炸校園時，炸成了「搪瓷韭菜餃子」，本該丟棄的，但因對它十分憐惜，便趁某日夜深人靜，在松林坡隱蔽處，將之深埋地下。千百萬年後，若被考古者發現，也好做個見證：「此乃二十世紀三十年代末四十年代初中日戰爭時，一中國妙齡女郎所用之物也。」沒了臉盆，網袋這一件就免了。我的手提皮箱是父親用過多年的。到我手上時，已面目全非，無表皮的地方多，有表皮的地方少，如香粉末勻的藝妓老臉。但它的皮質好，做工牢，八個箱角，竟無一處脫線。這裡面放著我的四件寶衣，各具寶貝性。一件是我自縫的月白布大褂，乃是畢業典禮上代表文學院上台領取文憑的「禮服」。因被通知擔任此任務時，手上的錢只夠買布料，無餘付工資，只好炸著膽子自己來，結果是領口明顯地有些歪斜，穿在身上，無端給我一臉疑惑的表情。一件是棗紅綢料滾藍邊鑲白牙子的裌袍，是高三那年參加好友之兄婚禮穿的，自那以後，聽說有一、二十家問起「那穿棗紅衣服的是誰家小姐」，不免飄飄然。還有一件是墨綠色楓葉暗花緞面的駝絨袍，是父母四十五雙壽壽筵上所穿；另外一件便是適合任何衣服的「安安藍」罩袍。這四件衣服都是右開襟，寬寬大大，把個手提箱裝得滿滿，連一塊橡皮也塞不下了。

剩下的麻煩事就是捆鋪蓋卷兒。

首先，我得把捆鋪蓋用的毯子拿來，我那張紅邊灰毛毯。

提起這種毯子，打從我會爬開始，便對它有厭惡感。總覺得這種毯子又醜又多，比家裡的椅子腿還多。父親出遠門每次都用這種毯子捆鋪蓋。叔叔到鄉下相親也用，教書先生用它，住家裁縫用它，哥哥住校也用它。反正家裡來來往往無人不用。捆好的鋪蓋卷放在地上，灰色死豬般，等人扛走。我三歲上，有一天鬧肚子，母親要給我吃石灰炒雞蛋，千哄萬騙地說吃了這，肚肚就不疼了，小貓要吃，我還不給呢。可說啥我也不肯吃，鑽到八仙桌下躲起來。這一躲不知怎麼，手指頭碰到一個軟軟的、灰灰的、毛毛的、鼓鼓的，好像還會喘氣的怪物，嚇得我哇哇大哭，原來是舅舅從外地來求職，那是他帶來的鋪蓋卷兒。怎麼就沒見過一個漂亮點的鋪蓋卷呢？

小學畢業，要上瀋陽住校讀初中了，離家前一天，母親開恩地說：「咱丫頭頭回出遠門，不能顯著寒傖，給她買張新毯子捆鋪蓋吧。」這話像是從月亮裡說出來的，一夜都在發光。心想，這回可好，我帶到學校的鋪蓋卷不定多漂亮呢。第二天一早，家中小打興沖沖買回來的，仍是一模一樣的紅邊灰毛毯，只不過有一股工廠味罷了。

入校之後，我發現這種捆鋪蓋的毯子很不入流，只比工友們用的狗皮褥子、破蓆子稍好，乃節儉人家或半窮人家所用。因此對它又多了一層鄙視。

一夜的炮聲，滿天的火光，日本兵佔領了瀋陽城。九一八事變哪！城牆下是我們的學校，城牆上是明晃晃的刺刀。那些日子所見、所聞、所經歷，無不令人悲之極、憤之極、恐怖之極，但也有使我心中竊喜的事，那便是可以堂而皇之的棄鋪蓋卷於學校，逃離去也。從此與它一刀兩斷。豈知家中派人冒險到省城接我，人沒接著，倒把我的鋪蓋卷原封不動扛了回來。

數年後的七七事變，正值我高中畢業。在北平舉行的全國第一次大學聯考無限延期。但我繼續求學的意志堅定，和母親商量後，決定投奔服務江南的父親，再求升學之路。臨行，母親由拜佛墊上起來，給我找出捆鋪蓋的東西，竟然仍是那條「新毯子」。

「媽！就沒別的？」鼓著嘴給媽一個難題。心裡並不知道自己眞正的企圖是寄望「毯子問題」能擋住一場不知何年何月才能再見的別離！

「怎啦？」媽的眼裡映著我悽悽的臉，「這毯子可哪點不好呢？你看，打李打開以後，這樣，把它雙折，墊在木板床上——你還能睡上席夢思咋的？又隔冷又隔熱的，還能隔潮。這些年來，咱家不是這個出遠門，就是那個出遠門的，都用這，可誰把風濕病、癩病帶回來了？頂多身上長一兩個火瘤子，那是想家想的，用香菜水洗洗，抹吳香油也就好了。」說著突然一頓，假裝湊近那毯子仔細地看：「喲！還新得很呢。」聲音像是從手風琴的摺皺裡壓縮出來的。

兩下寂然。寂然地掙扎著。母親卻很快的轉爲自然，放下毯子，帶著微笑商量：「要不，用咱家以前聽差老趙的狗皮褥子，行不？」

「媽！」我嗚咽著一把摟住她的肩。一肚子的不捨、不願、不忍，但又無可如何，種種的情，種種的愛決了堤，任眼淚滴在她的耳際。明明知道我絕不可能接受狗皮褥子，卻故意逗我氣、逗我笑，把離愁變爲輕鬆！她一向有這個能耐、這個慈悲！

輕拍著我，嬌柔聲說：「別哭啦！沒什麼大不了的！不管有什麼難處，都沒什麼大不了的！」

也該這條毯子命苦。跟我南行一路上，被中央軍罵過，被招待流亡學生的官員斥責過，被日本憲兵的槍把子打過，擠在運輸學生的專車上，被大家腳踩、屁股坐過，在英籍太古輪船上被四角釘起擋風過，鋪在小木船底，被憂愁的海浪撞擊過。唯一算是我善待它的一次，是所乘輪船駛經煙台時，買了二十個萊陽梨，準備孝敬父親，但無法攜帶，只好一古腦兒捲進了鋪蓋。自此以後，此毯彷彿有了活生生的記憶——具過濾功能的記憶，忘記所有經過的刀光劍影，只記得那淡淡的梨香。

捆裹著我的大學夢，遷入松林坡宿舍第二天，看全宿舍只有我這麼一條灰不拉嘰破爛貨，便將此毯棄於樓板之上。誰在乎它隔冷隔熱又隔潮？三年來，房頂漏了，它得濕著；夏日悶熱，它得忍著；日機轟炸，它得挺著，我何嘗登樓一顧？如今要用它了，才稍稍有些擔心，不爲別的，怕它已經爛得不堪一用了。

及至爬登而上，一眼就看到它，竟然出乎意料的「紅顏未老」，比正值青春的我氣色還好，顯出驚異盼望的神情，展露其紅邊對我，好似一個什麼大東西，激動得紅了眼圈兒。

我的汗涔涔而下，當抖出似有似無的梨香，髮已濕得零亂。

把紅邊灰毛毯攤開在地板上，最先鋪進棉絮，接著是抽出棉絮權當裌被的棉被空殼——湖綠的面、白布的裡。然後是紫色繭結的薄褥、鵝黃壓腳小毯、兩個繡著Good morning的枕頭，最後丟進換洗衣褲、一雙運動鞋、好幾本書，一片上有「昭和二年」的字樣、扭曲鋒利的炸彈碎片。正要開始捲起，忽然看到還有一堆零碎，本應裝入網袋的，也得捲進裡頭，因我再無空箱空袋之類可裝。加以前路艱辛，只能照顧兩件行李，於是毛巾、牙刷、牙粉擺進去了，「四合一」洗面皂擺進去了，絕對不能忘記的、下了狠心才買的「面友」也擺進去了，最後放入枕套裡的是，自製的兩大罐「口紅」——乃凡士林與紅藥水混合之物，再有就是用截段電線做的「神秘」捲髮器。

一切就緒，請來尚未離校的同學幫忙，把它捆好，仍是一條灰豬。

一段校車，一段滑竿，行行重行行，到了朝天門碼頭。滑竿夫背著灰豬送我上渡輪。太陽當頭照，兩腿不停跑，拎著手提箱，下了台階一兩百，他在前，我在後，灰色胖豬在他汗濕反光的肩頭，哆哆嗦嗦，隨時會垮的險象。這也難怪，兩個女生笑著捆起來的鋪蓋，經得起多少顛簸？實在怕看，於是換成我在前，他在後。

空氣中飄散著長江的水腥、七月的悶熱、人群的汗臭和辣豆瓣的鹹。登輪前，瞇著眼望望對岸自己的小屋，一片模糊。中午熱氣形成的輕霧，瀰漫江邊。於是心中有一決定——搬去後，想法在後陽台上掛個閃亮的東西。

閃亮在眼前的，是一持槍小兵的刺刀（叫他小兵，因他的帽子太大，人太矮）。心裡納悶：來回南岸重慶數次，未見渡輪上有監視旅客的軍人哪！不管它，反正與我無關。

喧嚷、吆喝、搖晃、熱汗、人擠人。我只管帶路鑽空隙找座位。忽然身後一聲「站住！」本能的回頭，看看被小兵喝令站住的是什麼人。還沒看清，接著是更厲的一聲：「叫你站住！你看啥子看！」這次小兵的命令像是被鐵錘一字一字敲出來的，震得周圍的空間零落破碎，衆人閃開，當中是一個孤零零的我！滑竿夫已丟下灰豬，上岸去了。

我滿腹懷疑地問：「你叫的是我？」

「不叫你叫哪個？這行李是你的嗎？」小兵的刺刀扎住我的灰豬。那氣焰像是他打過台兒莊勝利，而我就是他的俘虜似的。

我溫和地點頭說：「是。」心中極坦然。想：裡面唯有自製的口紅和髮卷稍具「私性」，要檢查就檢查，也不至於犯法吧。卻絕未想到他接著來的一句：

「這條毯子是軍用品，要沒收的！快拿下來！」說著，伸出一隻咧了嘴的黑膠鞋，猛踢我的灰豬一腳，踢得它骨碌一滾，又似不捨地滾回原位。這一踢，踢醒我的自覺，感到此灰豬從來就是我的一部分，骨肉相連，榮辱與共。

「怎麼會是軍用品？我們多年前在老百姓的店裡買的。跟日本打仗這才幾年啊？恐怕你誤會了。」

「少廢話！我說是軍用品就是軍用品，不趕快拿下來，連你一起送官！」小兵說完，掃視周圍，很有把握地認爲大家都站在他的一邊，甚至下一刻就會群起而攻我。

「嗚！」船在嗚笛。

看情形毯子是非給他不可了，裡頭的東西可怎麼辦？

多希望人群中冒出個熟人來解圍；又多麼怕人群中有熟人也在看熱鬧。我此時清楚地認識到一點——在戰時，軍人有理，多辯白多受辱，於是我沉默。

眼前的巴山在搖晃，長江的水在明滅。

實在不明白，我哪一點像個女賊？哪一點像佔有軍用品的敗類？難道他一點也看不出來，我是離開父母，千里迢迢，用這張毯子裹著滿腔的愛國熱情，在校吃一口沙子稗子混合的「貸金飯」，志在讀書報國的女大學生？或者就因爲他看出來了，由於嫉妒才故意爲難我？

我的思想只這麼一閃，小兵的動作卻是一閃的百分之一，綁灰豬的繩子已被割斷，毯子抽出，內容嘩啦啦散落一甲板。翻的翻，滾的滾。棉絮癱瘓著，書本無助地或蹲或站，論文四散。〈翠堤春曉〉的歌本翻在第一頁「當年我們正青春」，內衣羞著，布鞋偎著，枕頭套抖落出我全部的秘密，那卑微的口紅和髮卷。

雙頰忽地飛紅。衆目睽睽之下，一場開腸破肚的展覽，還要自己縫合的開腔破肚啊！

我沒暈倒，在最容易暈倒的時候。

驚訝聲、笑聲、議論紛紛，一場只有在戰時才會發生的另類娛樂。但觀衆並不滿意於娛樂，還貪心地要看你走投無路的痛苦。

我沒哭，在最容易哭出來的時候。

算了！抬腳把所有這些踢入江中，豈非一了百了？既可洩憤，又可傲然脫身，叫大家都失望，叫小兵也臉紅。

但是，我沒有資格如此做，沒了這些東西，我如何過活？剛畢業又無家的窮學生！

但是，我也不能如此做。屬於我的，我就不能放棄。放棄是懦弱，而我是天生，也是被教導的，絕不懦弱的戰時大學畢業生。

一船的沉默，刺穿不透的等待。

小兵轟開人群：「走開！開船了！」沒人移動，小兵也不動。只有蒼蠅飛來飛去。

念了十六年書，經過萬般考試，我就被這小兵難倒了不成？我一定要通過這場考試。

我要保持人的尊嚴，女孩的尊嚴，大學生的尊嚴，找出題解，把屬於我的，全部安全地帶到我的小屋，一針一線也不放棄！我要毫無遺憾地在小屋的後陽台上，掛個閃亮的東西，坐看江水東流。

記起母親臨別時說的話：不管什麼難處，都沒什麼大不了的！

可是眼前這個亂攤子，匆促間怎麼處理？棉絮裏不了褥子，褥子裏不了零碎，這收拾殘局的問題已變成一個數學問題了——如何把百樣所有歸爲兩件行李！

船在解纜，輕輕地移動。

一個年輕的母親，爲了看熱鬧，就在三尺近處的甲板上，雙手把尿她的嬰兒，嘴上叼著孩子的用品布包。這景象給了我一個鮮明的啓示——把自己運用到極至。「就這麼辦！眞的，沒什麼大不了的！」

於是，一個箭步上前，我搶救了快被尿濕的兩頁論文。抖落緊貼身上的無助，推開靠近的人群。

拿起變成裌被的棉被空殼，塞進棉絮、薄褥、小毯、運動鞋，已經滿滿，用接好的繩子捆紮，使其可背可拉。汗滴其上，如同破了好多孔洞。汗滴入眼，又痛又辣，手背抹擦甩出去的汗珠，似斜落雨點。

打開手提箱，迅速地穿上我的四件寶衣，一件套一件，聽見周圍輕輕的驚呼，看見睜大的眼睛，睜大的眼睛看見的是一個瞬間出現的「人繭」。

手提箱空了，裝進所有的零星什物。公開的、秘密的、有眼淚的、有心血的、花錢買的、自製的。最後裝入的是飽受散落之苦的論文底稿，它們雖經日曬踐踏而變得更爲粗脆，卻嘩嘩啦啦地欣喜著重聚，鳴奏著對我的感謝和讚美。一切安全，絲縷未遺。除了那張紅邊灰毛毯。

此時看熱鬧的人群，好似軟了心腸，居然讓出一條路，讓我走出重圍。

一手繞肩拖著綠白兩色大布包，一手拎著手提箱，昂首向船尾走去，平靜得像一隻背著特大號的青蛙進城訪友的鄉下老鼠。

經過船舷轉角處，心中向一位一直在看報的老先生，深致謝意。

終於坐下了。全身痲木地蒸騰著，忍受自己豐沛汗水的洗禮。層層濕透的寶衣，重重地緊貼著我。但我心滿意足。給小兵開了眼界，給同船的人開了眼界。

我的小屋迎我以熱烈的擁抱。明明是高山重重，我走過來了；明明是惡水萬千，我走過來了。把身子摔在床上，痛痛快快地笑。

一件件揭下我的寶衣。破殼而出的輕快，眞正的蛻變，使我的心靈澄清如洗。

我並不怨恨那小兵，一點也不。陶淵明家書裡要家人善待新來小廝的話：「彼亦人子也。」五十年後的今日，若再見他，只想問問，我的紅邊灰毛毯落在何人手裡了？那人知不知道，它不是一條普通的毯子？它是一個亂世女孩的成長史，也是一頁國難史。

或許那小兵是對的，我的紅邊灰毛毯的確是一條軍毯，或曾經是一條軍毯。皆因我的故鄉——東北戰亂太多，不然，老百姓怎能有用軍毯打鋪蓋的可能？而且這麼多年？

好想再次擁有那條紅邊灰毛毯，即使它紅顏已老；只因它紅顏已老。

原作寫於（對日抗戰六十周年的）一九九七年十一月

沒人看見我上炮台了

高高的土牆圍著一個四四方方的農家莊院，莊院四角上築有防禦土匪的炮台（注1），這就是我東北的老家。家裡屋子多，人多，牲口畜禽也多，空氣裡永遠飽和著富裕、祥和。

當家做主的是我的爺爺。他長得高大威嚴，腰間別個旱菸袋，走起路來，衣襬飄動，在他身邊辦事說話的人，都得像小鴨鴨似的，半跑著才跟得上。

祖母過世早，早於我的出生。據說是死於一次土匪搶劫。從那以後，才修了可以瞭望可以作戰的炮台。炮台閒置的時候多，鬧土匪時才有「炮手」進駐。

爺爺一個人住北房，一個人吃「小鍋飯」。他的話就是命令，沒有人敢違抗。

這個大家庭有許多規矩必須遵守。其中之一是：小孩子一律不准到炮台裡去玩。可小時念四年級的我，最想進去躲貓貓的地方就是炮台，卻一直不敢。

在一個初春的早晨，我起得比較早。院子裡還沒人走動，只有柳絮如雪，到處飄飛。我拿起掃帚想把炮台前的柳絮掃掃乾淨，掃出一塊空地玩跳房子。一抬頭，見炮台的門虛掩著，順手一推，門「呀」地開了。此時我便什麼也顧不得，丟下掃帚，一步一步登上炮台的頂端。我上炮台了！沒人看見我上炮台了！帶這春天的早晨！

如此神聖又神秘的禁地，不過是一間小屋而已。溫暖的潮氣混合著似有若無的旱菸味，衝鼻而來。但牆上的幾個小洞（注2）卻吸引了我。貼上眼睛往外看，竟然像看「西洋景」一般，一洞一美景。想不到炮台裡還可以玩這個，眼光移到近處，見一人坐在河邊柳樹下抽菸，悠然像古畫中的人。

或許不想白來一趟，或許想打破這片寂靜，或許什麼都沒想，便順手拾起一塊瓦片，由一個小洞用力向外扔去。本以爲可以到達小河，卻悶悶地叭啦一聲掉落牆下。這輕輕一聲連一隻麻雀都未驚起，卻驚動了樹下抽菸的人。他站起來，往炮台這邊望望，便大步離去。糟了！他是我嚴厲的爺爺。

我的心突突地跳著，等待爺爺上來抓我。等了老半天，他沒來。而我平常戴在手腕上的銀製小羊（注3），也隨瓦片一起丟出去了。這可怎麼辦？

小羊丟了的事小，上炮台去玩的事大。自己丟臉，也給父母丟臉。爺爺大概知道有個小孩上炮台去玩了，可他知不知道是我呢？我應該自動去向他認罪，還是裝做沒事一樣，等他查出來再說？萬一他根本什麼也沒聽見，什麼也不知道，我不是白著急了？發個誓吧，這回讓我平安過關，以後犯了錯絕不再矇混，再矇混就叫我長不高！

雖然如此自我安慰，心裡總有解不開的疙瘩，一整天不吃不玩，更不愛說話，出去一趟找我那指甲大的小羊，也沒找到，反倒是那個炮台彷彿跑到我的背上來，讓我揹著它到處躲避爺爺的眼光。滋味像是個做賊的。

到了傍晚快吃飯的時候，母親在她的圍裙上擦著滿是濕麵粉的雙手，興奮地跟我說：「快換上你的新襪子新鞋，帶大紅絨球的那雙！你爺爺叫你陪他吃晚飯呢。」

糟了！陪爺爺吃飯原是一種殊榮。被點名去陪他的，都是做了什麼好事的大人或孩子。學校裡考得好啦，找回走丟的小馬啦，可我並沒做什麼好事，而是做了壞事，犯了家規。大概爺爺查出來了，這明明是要我去聽訓、受罰呀，可憐的母親還不知道呢。

脫了顫動著大紅絨球的鞋，露出白淨的襪子，上了炕，跟爺爺隔炕桌對坐。心裡的小鹿七上八下，折磨得我彷彿一根乾樹枝就快斷了。一桌子的好菜，我卻只管低頭往嘴裡扒飯。此時感覺出爺爺也沒吃菜，端著酒盅在看我，一根頭髮一根頭髮的看我，突然間他說話了，把我嚇了一大跳：

「你今兒個是不是生病了？怎麼不吃菜？」

我搖搖頭。然後夾了一條肉絲，沒嚼就嚥下去了。

「叫你來吃飯，是想問你一件事兒。」

我停住筷子，等待。那件事是我做的。要打要罰隨便吧。

「你小學畢業還有幾年？」

——囉嗦！問我這個幹嘛？

我伸出兩根手指頭，外加一個小指頭，表示兩年半。不知道他懂不懂。

「兩年半！」他居然懂了。「我看全院的孩子就數你的膽子大。你自己說呢？……怎麼整天吱吱喳喳，這會兒變啞巴了？」

——上炮台不是因爲膽子大，是因爲擋不住好奇。心想。

「你的膽子大，我的膽子也就大了，就這麼辦。」

——怎麼辦呢？鞭子打？罰跪？只求求你不要當著我媽的面打我。

「你一畢業，我就叫你爸爸送你上省城升學。膽子小的孩子我不放心。」

原來是這件好事！爺爺連炮台兩個字都沒提，足證他根本不知道。只怪自己瞎擔心。一天的烏雲散了，逃過一劫的滋味，立刻使我感到飢餓，便大口大口地吃起菜來。

兩年半以後，果然要去省城了。臨離家，爺爺伸手到懷裡，摸出一個小包包：「這個給你。」

打開一看，裡面是一塊銀元和我丟到炮台外的小銀羊。至此，我才明白，爺爺什麼都知道，他是矇騙不了的。也又何其愛我！給我自尊，讓我自省，在他嚴厲的外表下卻有一顆這般慈愛的心。

剛上初中沒多久，爺爺來學校看我，交給我一個包袱，叫我保管幾天。裡面是他新買的一條俄國長毛毯子，非常名貴華麗。

我的宿舍裡，放置物品的空間很少。打開包袱，準備把那條毯子放在置物板下，卻不小心打翻一瓶墨水，濃濃的藍，全部灑在毯子上了。又惹了大禍！水洗？擦拭？只會越弄越髒。怎麼向爺爺交代呢？只希望我不是我，根本世上沒有這個我！

爺爺辦完了外縣的事，來取他的毯子了。怎麼辦？還是沒有勇氣當面說個清楚！便把毯子疊好，髒的部分盡量折在最裡邊，一眼看不出來。恭恭敬敬交給爺爺。爺爺很高興地又伸手懷裡，掏出一塊銀元給我，大步離開校門。

手握那塊尚有餘溫的銀元，目送爺爺高大的身影一步一步遠去，忽然一陣鼻酸，心生愧悔，這樣慈愛的爺爺，我竟然欺瞞了他兩次！我是多麼不長進！「炮台事件」曾經發過誓，不再矇混的是誰？是我呀。

我快步地跑，喘著氣地跑，追上爺爺，拉住他的衣角：

「爺爺，這毯子被我弄髒了。我不要這塊銀元了。」

「弄髒了？怎麼弄的？」

「打翻了一瓶墨水，全灑在上面了。我不是故意的。」

爺爺覺得太突兀，想了一下。拍拍那毯子，像是安慰它的受傷。這才慢慢推開我要歸還銀元的手，笑說：「沒事！快回去吧，再買一瓶墨水就是了。記得時時把蓋子扭緊。」

一路流淚。淚滴流到嘴邊，鹹鹹的。爺爺給我的第一塊銀元，我買了一張草墊墊床。這第二塊銀元我一直保存到現在，用嘴一吹，放到耳邊，仍營營作響，一如當年。它的營營聲帶來老家炮台的潮濕味、爺爺的菸味，和他伸手懷中摸出銀元的樣子。

而今我已年逾八十，仍需要那樣的慈愛，那樣的安慰。

原作發表於一九九九年五月

（注1）所謂炮台，並沒有炮，只是槍手抵抗土匪的簡單堡壘。

（注2）炮台牆上的小洞是供槍手觀望動靜及架槍的設計。

（注3）家裡各房小孩多，每人都戴著一個代表生肖的小飾物，以絲線繫腕上，並不值錢。

一關難度

自小我對腳步聲就很敏感。即使在半睡半醒之間，由腳步聲就知道是誰來了，誰走了，誰生氣了，誰穿新鞋了。

倒是沒聽過自己的腳步聲。

有一次，的確聽見自己的腳步聲了。十一歲那年，在讀小五的時候，大考算術做錯了一題，老師叫我到前面黑板上再做一次。這是丟臉的事，走路的腳步亦應知恥，輕輕地走，而我卻由座位騰然而起，邁開大步，衝往講台。這時候課堂裡鴉雀無聲，只有我的腳步匆匆然，「他他他他」。

題目是做對了，站在講台上等待老師誇獎一番。不料老師卻笑著說：「剛才我以爲你要飛過來呢！以後走路放輕些。」

他何嘗知道，青春健康是藏也藏不住的。

「光陰似箭，日月如梭」，一年又一年，青春到老年，只是一眨眼。伴侶西歸，子女遠離，從此聽見的腳步聲居然都是自己的，走進這個屋子空空空，走到那個屋子空空空。孤獨的腳步聲，落在髮上、牆上，落在穿窗而入的陽光上，與之共舞。即使穿著軟底鞋、便鞋、拖鞋，也常常聽見足下鏗鏗。

有一天，我那僅存的空空腳步聲也忽然聽不見了，取而代之的是拖拉拖拉，窸窸窣窣。原以爲這可憐的空空的剩餘，也可以伴隨我餘年，它怎麼在一夕之間就棄我而去了？憂傷之極！慌張之極！我究竟做了什麼背天害理之罪，讓老年掩忽而至？我的雙腿不聽支使了，上下樓梯，有如膝蓋骨兩相脫離，舉輕若重，必手扶欄杆，彎腰駝背，跋涉上下。若將鏡頭拉遠，豈不像冬眠剛醒，餓得無氣無力的老熊一隻？夜裡入眠，每一翻身，便以雙手抬一腿，輕輕移動之，否則便痛徹心肺。如此一來，雖然還能走，腳步聲卻完全沒了章法，欲再獲空空而不可得。西洋人說：「看牠怎麼飛，就知牠是什麼鳥。」今依樣畫個葫蘆，改說：「看他怎麼走，就知他有多老。」庶幾近矣。

原來孤獨與年老是藏也藏不住的。

做夢也不曾想到，到了老年，所求者卑微到只是自己的空空腳步聲而已。但我並不失望。失望使人脆弱。我無法不接受自然的老年，卻絕不願接受心理的脆弱。我去看醫生，按時，認眞。但吃藥並不見有效。

我反覆地想，除了年老，是什麼推手，除了年老，置我於如此境地？很快，答案便出來了，是別離！

與親愛的人重重別離使我孤單；而孤單加速我的年老。

哥倫比亞籍大作家馬奎斯在其不朽名著《百年孤寂》裡寫：「年老就是與孤獨結盟」。我喜歡他的書，卻不信他這一套。我才不要結這個盟。我要與孤獨作戰來「救老」，我決定狠下心來，軟硬兼施地打倒孤獨。

首先，我把置於玄關的一盆龍爪花連土倒掉。因它二十多年來，聽盡家人的腳步，目睹一個一個的遠去，故而長著茂盛的別離。

我應允自己，若空空順利歸來，以後我一定珍惜，並在我日記本改造的「年度慶祝日」手冊裡，記上一筆「空空歸來日」。上一條是「獨力擒鼠成功日」。

也曾單槍匹馬去看下午七時電影，混在雙雙對對青少年當中，腳穿平底鞋，手拿潛水艇三明治、可樂、爆米花，悠悠然吃吃，喝喝，看看，卻不知銀幕上進行何事。散場時，故意走路回家，給我的腳步一個機會，讓它在微黃的夜色中，悄悄回到我的腳下。佇足在所經過的電視牆前，多給它一些時間，結果仍是擦拉擦拉，直到家門。

也曾日日夜夜開著電視和收音機。因聞科學朋友講，電磁波可以「載」音波，我那翹家的空空或可搭個「便波」回來吧。自是幻夢一場。

也曾關起門來，穿上新買的高跟鞋，在地板上「硬走」，不信它永遠捨我而去。剛走上三五步，便疼得廢然頹坐。無情的枉費心機。如是者兩年之久。

那天傍晚，滿室蒸騰著六月的悶熱，巷子裡出奇的靜。每日此時賣麻糬的嗒嗒嗒敲出聲也沉默。一陣輕風吹起白色窗帘的舊痕斑紋，呼打做響，宛如飛來一隻始祖鳥，將攫吶我入洪荒。這才感覺腹中轆轆，正如洪荒。

出門找餐館，才知今天是端午節，大家團聚了午飯，還要團聚晚餐。全休息了。

經過小公園旁數株「胭脂花」，上百朵的小紅喇叭花，張口結舌地注視我，「怎麼一個人過節啊！」這種花全世界都長得一樣，其不識相也一樣，總在你淒涼無侶時，出現眼前。

端午？媽用粽子味的手，嘩啦啦撩起蒲艾水，給我洗臉。抹擦一面銅鏡般繞著圈兒說：「丫頭，你越長越白，一年都不會長癬！」現，不是那樣的端午！

掛上葫蘆香包，繫上五彩絲線，用粉紅的指甲花瓣加蒜搗爛，染上本就粉紅色的指甲。現，不是那樣的端午！

是獨自一人找飯吃的端午！

平日燈火通明的大街暗了。

平日擁塞的大街空了。

一片透著暗綠的粽葉，無牽無掛地從我腳下沙沙而過，探戈著穿越馬路，停在對面的公車站，左顧右盼，等駛入時光隧道的班車？茫茫然的端午！

模糊中聽見一女童的嬉戲聲，陽光鋪滿的院子，高粱編成柵欄旁，手提一縷絲線栓著的「嘉慶通寶」，踢著唱著：「一根線兒，踢兩半兒，打花鼓兒，繞花線兒，裡踢，外拐，八仙過海，九十九，一百。」

也聽見那女童讀書聲：「浩浩乎平沙無垠，夐不見人……鳥飛不下，獸鋌亡群，亭長告予曰，此古戰場也，往往鬼哭，天陰則聞。」

什麼是古？什麼是戰場？鬼吠是什麼聲音？

日月交替中，那女童卻不知不覺早已投入戰場，打了半個世紀的糊塗仗，只落得孤單又孤寂。

只有一家高級餐館亮著燈。他們不是賣便當的。只好，硬著頭皮走進去。開門處，一夥勾肩搭背的爛醉男女走出，剩出裡面空空。

「幾位？」

居然，我楞在當場，紅暈紅上我的臉。一生中回答過多少複雜的問題，卻從未回答過如此簡單的問題。原來向人公開宣稱自己的孤獨，是我的生命中最難闖過的一關！

我不能不吃飯，我不能退卻。於是，孕育十來年的勇氣之果，適時爆裂。

「一位！」聲音大得把自己嚇了一跳。

字典上最難學的兩個字原來在這裡！我說出來了。

懷抱一身輕鬆，靠窗坐下。燈光輝煌處外望。孤獨的街燈下，古端午在縮小、淡出。不會想以夢，不會想與伴侶同度的端午，更不會想萬里外的兒女此時在想父母嗎？從從容容，面對當前。攏攏頭髮，輕呼女侍，叫了三菜一湯，同他在日。竟然吃了久違了的一頓飽飯。

走出餐廳，夜色已深，忽聞一女與我同行。登登登的腳步何其均勻流暢！是誰？不禮貌的回首，無人。環顧四周，亦無人。此跫音來自自己腳下，卻渾然不知。

喜不自勝，驚不自勝，怎麼可能？身體竟如一舟橫野渡，完全的自由。不是眞的吧。試試看。邁開大步往前走，踏踏踏；慢步走，登登登；快步走，咔咔咔。是眞的！腿不疼腰不瘦。是我捨出了「一位」，換來了「雙腳」。

翻天的快樂，可惜無人可訴，無人能懂，無人信以爲眞。

於是我抱住眼前的一棵管它是什麼樹，認做知己，淚滴紛紛告訴它，我能夠又聽見自己的腳步，就足以原諒十多年的艱苦歲月了。

我知道，此樂不可能永遠爲我所有，因孤獨雖敗，老年仍在。但我至少不再絕望。

黑暗中帶著微笑，快快樂樂往回家的路上走。不識相的胭脂花迎我以濕淡的香。
世上沒有眞正的孤單，只要有勇氣創造另外的自己爲伴。
仰望天邊，那顆孤獨的金星，好似向我慢慢走來。

原作發表於二〇〇五年十月

尾聲

蓮漪，你往何處去？

——再寄潘人木女士

齊邦媛

進入了月曆的秋天，我終於拿起電話找她。有時是上午，有時是下午，也有時是晚上。都沒有人接。我就給自己寫了五顏六色的小貼紙，黏在書桌上，上面寫著 call 潘人木，call 潘人木……

突然間，她的照片和去世的消息就從報紙上看著我。

我竟然這般惆悵，這般悔憾，爲什麼延挨到秋天才找她！有人知道我不看電視，以爲我也不看報紙，電話來告訴我，「你不知道蓮漪死了吧？」

我說，「你是說潘人木去世了。」我接著想說，蓮漪是不會死的，人類的心靈感覺不死，文學就不會死。

但是我怎麼知道未來文學的變貌，政治正確的標準數年一變，讀者興趣難以追隨，怎麼知道《蓮漪表妹》這本六百多頁的小說將如何存活呢？

一九八八年，在紀念抗日戰爭開始的五十一週年紀念日，聯合副刊登出了我讀潘人木作品的〈烽火邊緣的青春〉一文，那時蓮漪已為文壇熟知三十多年，我是將她與我一年前寫的「與時代若即若離的《未央歌》」作對照，想說的是文學創作應如何「忠」於時代——八年抗戰的時代。這兩本以大學生活為主題的著名小說卻敘說著全然不同的故事。

蓮漪中的人物是東北流亡學生，已嘗過家破人亡的傷痛，集體唱的歌是「巨浪，巨浪，不斷地增長」，在日軍的進逼和共產黨誘惑的雙重巨浪中，許多青年人渾渾噩噩地滅了頂。而《未央歌》中的俊男美女，原即是家境較好，會讀書的好學生，聯考分發到全國最好的西南聯大，幸運地來到中國西南，四季如春，戰火未燒到的昆明，在桃花源似的校園上，享受「自然、自由、自在」的學術薰陶，嬌柔可愛的女主角唱的是〈玫瑰三願〉……

初版於一九五九年，也厚達六百多頁的《未央歌》至今已印行近百版（？），仍在台灣許多書店佔長銷書位，而《蓮漪表妹》雖已在「純文學」出版社收束後由「爾雅」出版，卻無此幸運。茫茫未來歲月中，蓮漪苦澀的故事會遭到二度漂流的命運嗎？蓮漪，你往何處去？

前幾年《未央歌》作者鹿橋在盛大歡迎中，回到台灣。在南開校友會後留我說話。他對我文中批評女主角坐父親轎車上學的「非藝術」態度很不高興。我向他道歉我不夠瀟灑，每逢提到抗戰我就瀟灑不起來，實在也算不上什麼理智的文評者。鹿橋說，「我本來就不是寫抗戰，我寫的是樂觀、靈性的美，這一點，你在南開六年，應該懂得！」

我是懂得，只是，誰眞正潛心誠意寫那八年血淚的日子？潘人木在《蓮漪表妹》的一九八五年「純文學」重印版代自序〈我控訴〉一文開頭就說，這書不能算是抗戰小說，也不能算是反共小說，她「全身上下沒有一個政治細胞」。在抗戰期間，她由北平到重慶，勝利後，由新疆回北平，並遠走熱河，歡愉不多時，竟浮海逃共來到台灣，看盡了理想破滅、身心摧殘的同時代青年男女，萬丈豪情，「到頭來卻只是一場空」。她強有力的精練文字寫活了一個虛榮任性的蓮漪，她幻滅的故事將性格與命運緊密地交織在殘酷的政治鬥爭中，是一本一旦讀過即難以驅散、遺忘的書。

之後三十五年間，潘人木不寫小說，專心去主編、撰寫教育部的兒童讀物近百冊，主編「中華兒童百科全書」，教育影響了無數成長的心靈。她退休後，我曾請她寄給我一些她的童書代表作，我認眞地讀了十多本，看得出她外文系訓練的寬廣想像力，配合她優美機智的文字，投入細緻的觀察，對有一些慧根的兒童應是很好的文學啓蒙書，更增我的敬佩。

她的第二本小說《馬蘭的故事》出版在一九七七年，仍是五百六十頁的巨著，前面一百頁幾乎全是寫東北家鄉村鎭風光，我認爲是近代文學寫景最好的文字，它的故事舖展稍慢，結束又太匆忙，巧合也太多，看到它的序〈當圍巾也嗚咽〉才明白，書寫未終作者驟遭喪夫之痛，野心也只得收束付印。

可是她的短篇作品中瑰寶藏珍甚多，除了已出版的《哀樂小天地》外，一九八六年我在筆會英文季刊英譯她的〈有情襪〉，看到那樣赤誠忠愛的老僕冒死去爲他吊在公審場上老主人穿上襪子，我們全都熱淚潸潸。十年後我們又譯她的〈想我紅邊灰毛毯兒〉。這之後的日子，每次我看到她或通電話，總是催她把想寫的快寫，如頌主聖歌所說：「趕快工作，夜來臨！」

剛剛意外地在《人間福報》上看到潘人木寫的新作〈一關難度〉大爲驚喜，影印贈友，好文共讀，誰知數日之後即得她逝世消息。據她女兒英台告知，此文是今夏尚不知得病時所寫——怎麼可能在病魔已在摧毀之際寫出這樣的文學精品——由自己腳步聲聽出老年的孤獨，由孤獨去餐館吃飯，承認只有一個人而自生求活的勇氣，是度出一闋，「喜不自勝，驚不自勝」。這樣精采的文章，眞可說是如此作家的天鵝之歌。

今後我走在東區逸仙館的人行道上，會想起不僅是蘭熙、海音，還有潘人木了，想念那些聲音，那些談文論藝的好時光！

原刊於二〇〇五年十一月二十日《聯合報》副刊

華文創作 BLC084A

潘人木作品精選集

國家圖書館出版品預行編目(CIP)資料

潘人木作品精選集 /
潘人木作 ; 應鳳凰編選. --
第一版. -- 臺北市 : 遠見天下文化, 2014.05
面； 公分. -- (華文創作 ; LC084)

ISBN 978-986-320-456-5 (平裝)

848.6
103007587

作者 — 潘人木
策畫 — 齊邦媛
編選 — 應鳳凰
總編輯 — 吳佩穎
執行主編 — 項秋萍（特約）
封面設計 — 葉雯娟（特約）

出版者 — 遠見天下文化出版股份有限公司
創辦人 — 高希均、王力行
遠見・天下文化・事業群 董事長 — 高希均
事業群發行人／ CEO — 王力行
天下文化社長／總經理 — 林天來
國際事務開發部兼版權中心總監 — 潘欣
法律顧問 — 理律法律事務所陳長文律師
著作權顧問 — 魏啟翔律師
地址 — 台北市 104 松江路 93 巷 1 號 2 樓

讀者服務專線 — 02-2662-0012 ｜ 傳真 — 02-2662-0007, 02-2662-0009
電子郵件信箱 — cwpc@cwgv.com.tw
直接郵撥帳號 — 1326703-6 號　遠見天下文化出版股份有限公司

製版廠 — 東豪印刷事業有限公司
印刷廠 — 柏皓彩色印刷有限公司
裝訂廠 — 台興印刷裝訂股份有限公司
登記證 — 局版台業字第 2517 號
總經銷 — 大和書報圖書股份有限公司 ｜ 電話／ (02)8990-2588
出版日期 — 2020 年 1 月 20 日第二版第 1 次印行

定價 — NT$ 350 元
平裝版 — 4713510946879
書號 — BLC084A
天下文化官網 — bookzone.cwgv.com.tw